北の御番所 反骨日録【十二】

南北相克

芝村凉也

JN166135

双葉文庫

目次

南北相克　北の御番所　反骨日録【十二】

第一話　菓子屋の由来《ゆらい》

一

町方《まちかた》の同心、裄沢広二郎《ゆきざわこうじろう》が己《おのれ》の勤める北町奉行所から呼び出しを受けたのは、梅雨《つゆ》も本格化してきた皐月《さつき》（陰暦五月）の半ばになってからのことだった。

自身の勤め先へ赴《おもむ》くのにわざわざ呼び立てられたという状況は、現在裄沢が任じられているお役と関わりがある。今、裄沢が拝命しているのは隠密廻《おんみつまわ》りと称される、他とはちょっと毛色の違った役職なのである。

町方同心ならば皆が憬《あこが》れそうなりたいと目指す、三廻《さんまわ》りとか廻《まわ》り方《かた》などと呼ばれるお役がある。これは定町廻《じょうまちまわ》り、臨時廻《りんじまわ》り、そして隠密廻りの三職を纏《まと》めた総称で、どちらも全く同じ意味なのだが、個人的な印象としては単に役職を示す場合には廻り方、町方役人の仲間内で憧憬《しょうけい》や羨望《せんぼう》、もしくは嫉妬《しっと》といった含み《ニュアンス》を持たせた言い方が三廻り、という傾向があるように感じられる。

その廻り方三職の中で、広いお江戸を六分割したそれぞれの持ち場を巡回しつつ、市中の治安を確かめて回るのが定町廻りの主な仕事である。臨時廻りはその定町廻りを補佐・支援し、特に慣れないうちは育成・指導にもあたるという任を受け持っている。これに対し隠密廻りは、前の二つとはいささか役割が異なる仕事を任されていた。

すなわち隠密廻りは、ひとたび町奉行からの命を受けたなら、どの定町廻りの持ち場であるかとか、あるいは自分らの奉行所が月番《つきばん》（南北の町奉行所が一カ月交替で新規案件を受け付ける、その当番月）か否《いな》かにかかわらず探索に従事することになり、その際必要ならば身分を偽《いつわ》り様々に変装することもある。そしてそれが密命であれば、その探索について同役の隠密廻りにすら告げずに一人で動くこともあった。

ために、裄沢が一年前に新任でこのお役に就《つ》いたとき、先達《せんだつ》の隠密廻りの鳴海《なるみ》文平《ぶんぺい》から「普段毎日のように北町奉行所に顔を出していると、いざ密命を受けて単身どこかに潜《もぐ》り込《こ》もうとなったとき、急に姿を見せなくなったことで己の行動が周囲にバレてしまいかねない」との助言を受けていたのだった。

これに従い、裄沢は二日続けて定町廻りや臨時廻りたちの朝夕の打ち合わせの両方に顔を出したと思えば、その後は数日姿を現さなくなるといった行動を取るようになった。わざわざ勤め先の町奉行所から出仕《しゅっし》するよう呼び出しが来たのは、こうした理由があったからなのだ。

篠《しの》つく雨に裾《すそ》が濡れるのを気にしながら裄沢が北町奉行所の表門を潜《くぐ》ったのは、朝の四つ（午前十時ごろ）を過ぎてからだった。

定町廻りや、非番《ひばん》（公休日）の定町廻りの代わりを勤める臨時廻りたちはとうに朝の打ち合わせを終えて市中巡回に出ており、同心詰所《どうしんつめしょ》に残っている廻り方は、応援が必要となった場合に備えて待機している残りの臨時廻りだけである。お奉行も、すでに江戸城《おしろ》に登城して決まりの席に着いていることだろう。

裄沢の出仕がこんな刻限になったのも、そうせよとの言付《ことづ》けに従ったからだ。多忙なお奉行が奉行所を出れば、これに近侍《きんじ》してあれこれ動き回らねばならない内与力《うちよりき》もとりあえずひと息つける。それに合わせた刻限ということであれば、何ら不思議なことはない。

町奉行所の組織上、廻り方は奉行直属ということになってはいるが、幕臣の中で最も多忙と言われる町奉行からいちいち直接指図を受け報告することなどできるものではない。実際には、ほとんどの事柄について、廻り方が直《じか》に相対《あいたい》することになるのは内与力だった。

桁沢が、待機番になっている臨時廻りのいる同心詰所に顔を出さず真っ直ぐ奉行所本体の建物へ向かったのは、これから聞かされる御用が密命である場合を考えてのことなのだ。

玄関脇の式台《しきだい》から建物の中に入ろうとした桁沢は、上《あ》がり框《かまち》に踏み上がる前に、まずは持参の手拭《てぬぐい》で裾の始末をしようとする。が、ここまで濡れるとあまり意味はなさそうだ。

諦《あきら》めて式台から中の廊下へと踏み入ったとき、行こうとしていた御用部屋《ごようべや》のある正面ではなく、左手から声が掛かった。

「おう、桁沢さん。この大雨の中、ご苦労様にござりますな」

見やれば、桁沢が今のお役に就く以前の用部屋《ようべや》手附《てつき》同心のころ、仕事でよく関わった吟味方《ぎんみかた》の同心であった。

桁沢がこれから向かおうとしていた御用部屋は、用部屋手附同心の執務場所であると同時に、お奉行や桁沢を呼び出した内与力の唐家《からや》が普段仕事をしている場でもある。そして用部屋手附同心の主な仕事は、お奉行が執務する際に必要になる下調べや、お裁きその他でお奉行が記《しる》す文書の文案起草などであるから、吟味方の同心とも密な連絡の下に仕事をしていた。

さらにいえば、捕らえられた咎人《とがにん》が本格的な詮議《せんぎ》を受けるために大番屋《おおばんや》から小《こ》伝馬町《でんまちょう》の牢屋敷《ろうやしき》へ送られるときに必要になる入牢証文《じゅろうしょうもん》の発行も、用部屋手附の仕事の一つとなっている。

「なに、皆様もそれはご一緒で」

裄沢は、濡れた裾が張り付いてくる気持ちの悪さに蹙《しか》めていた表情を改めて、愛想《あいそ》よく応じた。まあ、相手にそう見えたかは、また別な話ではあろうけれど。

「では、裄沢さん。こちらへお越しください」

誘われた裄沢は、当惑げに相手を見やる。

「本日の俺は呼ばれてこちらへ来たものですから、まずはその用を済ませませんと」

やんわりと断ったのへ、相手は頷《うなず》きながら返してきた。

「ああ、お呼び立てしたのは吟味方《こちら》ですので——なに、唐家様にはうちの親方から話を通しておりますから」

吟味方同心が口にした親方とは、最古参の本役《ほんやく》与力として吟味方を取《と》り纏《まと》めている坂口伊織《さかぐちいおり》のことである。なお吟味方内部だけの決めごととして、吟味方与力には下のほうから見習い、助役《すけやく》、本役の三段階の役格があった。

ちなみに、単に「見習い与力」と言うときは与力として町奉行所《ごばんしょ》に出仕したばかりの半人前の若造《わかぞう》のことだが、これが「吟味方見習い与力」となると、吟味方与力として就任してからまだ日は浅くとも、それまでの職務経験や当人の能力から咎人の詮議《せんぎ》に従事させても理非曲直《りひきょくちょく》を誤りなく正せると判断されて、このお役に任ぜられた者を指す言葉となる。つまりは、それなりの経験を積み見識《けんしき》を高めた人物でないと、吟味方見習い与力になることなど不可能なのだ。

まあ、中にはどう贔屓目《ひいきめ》に見ても大したことのない人物が混じってしまうことがあるのは、どこの組織でも見られるお約束ではあったのだが。

ともかく坂口は、吟味方与力としての実績からも人柄からも、皆に慕《した》われ己の率《ひき》いる者らをきっちり取り纏めている傑物《けつぶつ》であった。

「坂口様が……」

裄沢は用部屋手附のお役にあったときから頻繁《ひんぱん》に吟味方へ出入りしており、見掛けるたびに坂口へも軽く挨拶《あいさつ》ぐらいはしていたものの、面と向かってしっかり話したことなどほとんどない相手である。

まさか嘘《うそ》をついているなどとは思ってもいないが、では吟味方の取り纏め役が己に何の用があってわざわざ呼び出しなど掛けてきたのかとなると、見当もつかない。

ともかく、与力という自分より上の身分の、しかもその与力連中をすら束ねる立場にある人物から呼びつけられたのである。断るどころか、下手《へた》に躊躇《ためら》って待たせてしまうようなことがあってはならない。

裄沢は出迎えた男の背に従い、吟味方の与力同心が集《つど》う詮議所《せんぎしょ》などがあるほうへ足を進めていった。


吟味方の詮議所は、お奉行が直に立ち会う以外のお裁きの場として、お白洲《しらす》に面して三つ並んで置かれている。吟味方同心に伴われた裄沢は、そこを越えてさらに奥へと進んだ。

三つの詮議所とそれより奥を仕切るように挟《はさ》まれた廊下の向こうにまた部屋が並んでいるのだが、一番奥はお奉行が臨席《りんせき》する際のお白洲の場として使われる裁《さい》許所《きょじょ》、一つ手前が裁許所の次之間《つぎのま》で、廊下に一番近い手前の部屋が吟味所《ぎんみしょ》と呼ばれるところだった。

吟味所はお奉行のお白洲を補助する吟味方の詰所であると同時に、普段は吟味方の執務場所として使われている。

裄沢が伴われたのは、この境をなす廊下から一番近い吟味所であった。

到着して「失礼致します」との声を発するより早く、部屋の奥から呼び掛けられた。

「よぉ、裄沢さん」

軽く手を上げてこちらに笑顔を向けてきているのは、坂口本人である。

すでに五十は軽く超えていようが、いつ見ても潑剌《はつらつ》としている気力《きりょく》旺盛《おうせい》な人物だ。咎人の罪の有無《うむ》や科すべき罰の軽重《けいちょう》、あるいは詮議に漏《も》れや行き過ぎはないかといった重要事を前にしたときは別として、普段は細かいことにこだわらない、ざっくばらんで大らかな態度を常《つね》とする。だから、ときに残酷な責め問《いや》拷問ともあえて行う心理的負担の大きい仕事であっても、皆が慕《した》ってついてくるのだろうと思わせる人格者だと、裄沢も畏敬《いけい》の念を持っていた。

「お呼びにより参上致しました」

裄沢は坂口の前まで足を進め、頭を下げた。

「何でぇ、知らぬ仲ってぇワケでもねえのに他人行儀《たにんぎょうぎ》な——ところでお前《めえ》さん、隠密廻りンなってしばらく経《た》つけど、調子はどうだね？」

「はあ、何とかあまりお叱《しか》りを受けずにきているとは思いますが」

「ほう、あんまし上手《うま》くやれてる気はしねえってかい？」

「いまだ、隠密廻りとして腰を据えて掛からねばならぬほどの仕事は任されておらぬように存じますので。お奉行様も唐家様方も、ずっと様子見をされておるのかもしれませぬが」

「何言ってやがる。先日ぁ海賊の一件で見事に敵の真《ま》っ只中《ただなか》へ乗り込んで、大手柄《おおてがら》上げてるじゃねえか」

二

坂口が話題として取り上げたのは、海賊の一味と思われる男を偶然見掛けた裄沢が追跡し、ついには一味が江戸に築いた拠点を暴《あば》いた（ということになっている）一件のことである。

裄沢はこのとき、服務規程《役所の決め事》に関する重大な違反を犯していながらそれを

己の勤め先に秘していた――とはいえ、当の本人はそのことについて、ほとんど北町奉行所《きたまちぶぎょうしょ》
反省も後悔もしてはいないのだけれど。

「……あれは怪我《けが》の功名《こうみょう》というべきで、とてものこと自慢にはなりません」

尾行の途中で何らかの故障（事故）に遭《あ》って気を失ったばかりでなく、その後しばらく何も憶《おぼ》えてはいない体《てい》たらくだったとの本人の弁は、手柄に見合わぬ失態として御番所内で広く知れ渡っている。救《たす》けてくれた善意の民の手助けがなくば、とうてい挙げられなかった功績だったというのは、誰に指摘されるまでもなく当人も認めるところである。

裄沢はそれだけでは足らぬと思ったのか、さらにもうひと言付け加えた。

「それに安全なところに潜《ひそ》んで陰からこっそり覗《のぞ》いていただけで、敵の真っ只中に乗り込んでいくようなこともしてはおりませぬ。俺にそんな胆力《たんりょく》はありませんし」

「いやいや、そんなこたぁねえだろ。悪党見っけたって単身その後追っかけて、見事にそいつらの隠れ家《ヤサ》ぁ暴いたんだ。

尾《つ》けてくんなら、コッソリすんなぁ当然だ。胸ぇ張って誇《ほこ》っていいこったぜ」

持ち上げてくる坂口に、裄沢は「畏《おそ》れ入《い》ります」と言葉少なく頭を下げた。

「そういや、一味の一人らしい野郎の屍体《オロク》を、酔狂《すいきょう》にも海から拾い上げてきた暇人《ひまじん》がいたって話ゃあ聞いてるかい？」

「ええ、小耳に挟んだ程度ですが。浅草《あさくさ》のほうの御用聞《ごようき》きにまで噂《うわさ》が流れてきましたので」

隠密廻りには、月番のときに吉原遊郭《よしわらゆうかく》唯一の出入り口である大門《おおもん》そばに設けた面番所《めんばんしょ》で立《た》ち番《ばん》をするという仕事もある。そこへ近在の御用聞きが手伝いのため派遣してくる、子分たちから聞いた話だった。

子分らの話によると、死人《ホトケ》さんは朝の内海《うちうみ》（江戸湾）を漂《ただよ》っているところを見つかったようだ。その場を通りかかったのが漁労帰りの漁師などであれば、手間や気持ち悪さとその後に生ずるゴタゴタ《面倒》を考えてそのまま放置したであろうが、幸か不幸か見つけたのは夜釣りから帰る途中の裕福なご隠居《いんきょ》であった。

もともと熱心な臨済宗《りんざいしゅう》の信徒であったご隠居は、これも何かの仏縁《ぶつえん》と渋る船頭を説《と》き伏《ふ》せ、死人さんを輪にした縄で引っ掛けさせて、自分らの乗る小舟で岸まで引っ張らせたのだった。

ところが近在の番屋へ知らせて死人さんを引っ張り上げてみると、腹には柄元《つかもと》まで匕首《あいくち》がブッスリ刺さったまま。死体は水を含んで膨《ふく》れている上に腐り始めていて、魚にも突《つつ》かれているとなれば見極めは困難だったが、首には微《かす》かに紐《ひも》などよりもずっと太い何かで絞《し》められたような痕《あと》が残っていた。「これは殺しで間違いない」と、それから大騒ぎになった。

「ありゃあ、腹ぁ刺してすぐに後ろへ回り込んで、騒がれねえように片手で相手の口ぃ塞《ふさ》ぎながら、もう一方の肘《ひじ》んとこで首を挟んで絞めたってこったろうな。刺した後に匕首を抜かなかったなぁ、噴《ふ》き出《だ》す返り血を浴びねえようにって用心だろうし、口ぃ塞ぎながらもう一方の片腕だけで首を絞めたとなると、息ができねえようにしたっていうよりゃあ、首の両側の血管《ちくだ》んとこぉ圧迫して頭のほうに血が流れねえようにした、それで気ぃ失わせて死ぬに任せたってやり方に見えた――よっぽど手慣れた野郎の仕業《しわざ》だろうな」

坂口も自ら死人さんの様子を検分《けんぶん》したのか、ずいぶんとキッパリとした口調で己の考えを述べ、さらに続けた。

「ご隠居や船頭の話によりゃあ、見つけたのが大川《おおかわ》の河口をちょいと出た鉄砲洲《てっぽうず》は十軒町《じっけんちょう》の沖合。死人さんの様子からすると例の海賊の船が品川《しながわ》沖から逃げ出したのとちょうど時期が符合するってこって、尾張町の呉服屋のほうで捕めえた一味《いちみ》の拠点《ねじろ》から、罪を認めた野郎二人だけに、その死人さんと対面させてみたのさ。そしたら、まずは梅吉《うめきち》で間違いねえってな」

梅吉は北町奉行所が追っていた海賊の一人で、裄沢が偶然見掛けて追跡したと証言した当の相手である。黙って聞いている裄沢に、坂口はなおも続ける。

「潮《しお》の満ち引き考えたら、船で逃げる際に始末して捨ててったってことでもおかしかねえ。あるいは死人さんの有り様からすると、手前《てめえ》の不始末に怯《おび》えて仲間から抜けようとしたとこぉどっかで見っかって、そんときに殺《け》されたってとこかもしれねえけどな。

まあ、やり口が鷲巣屋《わしずや》で主《あるじ》をさせてた金右衛門《きんえもん》に責めを負わしてから逃げたときと一緒だし、捕めえた野郎が自白《ゲロ》したことと合わして、このお江戸で以前から跳梁跋扈《ちょうりょうばっこ》してたなぁみんな海坊主《うみぼうず》とかいう海賊一味のやらかしだってこって、間違いなさそうだな」

鷲巣屋とは、この海坊主一味が二年前に拠点としていた日本橋本石町《にほんばしほんごくちょう》の呉服屋であった。それが町方にバレかけたため、主として見世《みせ》を任せていた金右衛門に不始末の責めを負わせて密殺した上で、いったん逃走していたのである。

その一味がかつて得ていた旨味《うまみ》を忘れられず、新たな拠点を江戸に築こうとしていたのが今回の顚末《てんまつ》だったと断定されている。

「まあ、その一味の主《おも》だった連中にゃあ、また逃げられたみてえだけど、次こさあどうあっても捕まえねえとな」

「不首尾《ふしゅび》な探索で満足な結果が得られず、情けなく思っております」

裄沢がそう言って頭を下げたのは、尾張町《おわりちょう》の拠点については北町奉行所へ知らせることができたものの、逃走手段の船についての把握《はあく》が遅れて一味の主だった者らは取り逃がしてしまっていた（格好になっている）からだ。

が、これは表向きの話。実際の裄沢は、己を襲って気を失わせたばかりでなく、その衝撃で以前の記憶まで失わせた杢助《もくすけ》という盗人《ぬすっと》の存在を隠し、その杢助が一味の船に同乗して自身の復讐を果たそうとするのに手を貸したという、とても表沙汰《おもてざた》にはできないことに手を染めていた。

自身にはそれが精一杯だったから後悔はしておらずとも、やはり御番所の一員として職務を同じくする者らへの後ろめたさはある。その後ろめたさが、裄沢の自身の所属先《・・・・・・》自省する様子にいくぶんかの真実味を付け加えていたのであった。

坂口は裄沢が抱《いだ》いている疚《やま》しさに気づくことなく、慰《なぐさ》めを口にする。

「いいや、お前さんが満足な状態じゃねえのに精一杯やったってこたぁ、おいらも聞いてるぜ。

たった一人で連中の隠れ家《ヤサ》と船《アシ》の両方を一度に突き止めるなんて離《はな》れ業《わざ》は、そうそうできるモンじゃねえ。ましてやお前さんは、こうした探索の任に当たるよ
うんなって、まださほどの経験も積んでねえじゃねえか。

そんでもって先に知らせを受けた隠《ほ》れ家《う》に急いで突っ込んでったなぁ、お前さんの与《あずか》り知《し》らぬ上のほうで決めたこったし、そいで捕まえきれずに逃げた者《もん》が出て、町方《こっち》の動きが船の連中まで伝わっちまったってえのは、それこそお前さんのせいじゃねえだろ」

「そう言っていただけるのはありがたいですが……」

「なんだい、まだ何か気になることでもあったかい——ああ、梅吉の死骸《しげえ》をお前さんに確認してもらわなかったなぁ、でえぶ水で膨《ふく》れてた上に、魚に突き回されたこって、人相の判別なんぞできやしねえようになってたからだ。

仲間の連中なら裸の付き合いに近えモンがあっただろうし、何より稼ぐ場所からも商売柄からもそういう死人さんにゃあ見慣れてんだろうから、そっちのほうだけにやらせたってこった。別にお前さんに余計な配慮までしたからってワケじゃあねえんだぜ」

「ともかく、それはありがたいお気遣《きづか》いでした。以前に一度、腐乱《ふらん》した溺死体《できしたい》の

検分に立ち会ったことがありますが、さすがに自ら手を挙げてまたやりたいとは思いませんので」

裄沢がこの経験をしたのは一昨年の秋、内与力の唐家に無理強《むりじ》いされて、そのころまだ内役《うちやく》（内勤）であったにもかかわらず行方知《ゆきがたし》れずになった小者《こもの》の探索に携《たずさ》わったからだ。その小者が、死体となって見つかったのであった。

裄沢が坂口に付き合って無駄話としか思えないやり取りをしていると、部屋の入り口に人影が射《さ》した。

「遅くなりました。いや、何とも強情な野郎で」

そう言って部屋に踏み込んできたのは、吟味方本役与力の甲斐原之里《かいばらゆきさと》だった。

甲斐原は北町の吟味方本役与力として最若年《さいじゃくねん》ながら、坂口の次代《じだい》を担《にな》うと期待されている俊英《しゅんえい》である。

「おう、戻ったかい。ご苦労さん」

坂口が気さくに声を掛け、裄沢は小さく黙礼《もくれい》した。

本来、同じお役の上役と下僚《かりょう》という関係でもない限り、吟味方本役になるほど出世した与力とただの一同心とが関わり合うことなどほとんど考えられないのだが、なぜか甲斐原は以前から裄沢に目を掛け、親しく接してくれる人物だ。

その甲斐原が顔を見せたことで、よく知らない坂口の相手をしていた裄沢は内心肩の荷を下ろしてホッとしていた。

「じゃあ、後《あた》ぁ任せていいな？」

「ええ。お手数をお掛けしました」

坂口と甲斐原のやり取りを、裄沢は意味も判《わか》らず傍観《ぼうかん》する。

「なぁに、おいらも退屈凌《たいくつしの》ぎになったからよ——じゃあ、裄沢さんよ。おいらぁこいで席ぃはずすけど、また世間話にでも付き合ってくれや」

そう言ってひらりと手を挙げて、坂口は去っていった。裄沢が頭を上げたときには、もうその姿は見えなくなっていた。

「裄沢さん、わざわざ来てもらって済まなかったな。じゃあさっそくだけど、呼びつけた用件を話そうか」

実際に用があったのは甲斐原で、その甲斐原はおそらく咎人を糾問《きゅうもん》するため小伝馬町の牢屋敷へ出向いており、戻ってくるまでの場つなぎを坂口がしてくれていた、ということなのだろう。

「はい、承《うけたまわ》ります」

裄沢は気を引き締め直して、真っ直ぐ甲斐原を見返した。

三

「まず最初に断っとくけど、お前さんにこたびの一件の探索を任せるについては、お奉行様も承知の上のこった」

「はい、それは案内していただいたこちらの同心の方から聞いております」

満足げに頷いた甲斐原が続ける。

「で、突然で悪いんだが、こうやって呼び出さしてもらったってことんなる」

「先にお訊《き》きしておきたいのですが、こうやってみなさんいらっしゃる場でのお話ということは、こたびは内密裏《ないみつり》に進める要はないことなのですね」

わざわざ裄沢が確認したのは、当人の今のお役が隠密廻りだからというばかりでなく、以前に上《うえ》つ方《かた》の了承を得た上で甲斐原が依頼してきたのが、南町の与力の私的な事情に関わる――公的には解決済みで、今さら町方が手を出す謂《い》われのない――一件だったからだ。

お役に関することで吟味方が廻り方に何かの依頼をするのであれば、定町廻りや臨時廻りに直接声を掛けるのが当たり前という理由もあった。

「ああ、今度《こたび》ゃあそんな話じゃねえんだが、ちょいと事情があってな」

「伺《うかが》いましょう」

「ちょいと長くなるが、我慢して聞いてくれ――。

話ゃあ二年前《めえ》の秋まで遡《さかのぼ》る。日本橋は本町《ほんちょう》の表通りに栄喜堂《えいきどう》って菓子屋があるんだが、お前さん知ってるかい？」

日本橋本町は、北町奉行所が建つ呉服橋御門《ごふくばしごもん》より一つ北側、常盤橋御門《ときわばしごもん》から市中へ延びる道の両側に広がる町家である。裄沢は前年の夏に江戸の町全体を取り仕切る町年寄《まちどしより》の一つ、樽屋《たるや》の継承《けいしょう》問題に関わることになったのだが、この町年寄三家が役所を併設した屋敷を構えているのが本町であった。

「栄喜堂……よくありそうな名ですが」

「ああよ、そんな名で見世も大して大きかぁ《てえ》ねえんだが、京《きょう》の本家から枝分《えだわ》かれしたって老舗《しにせ》でな。薄焼《うすや》きとかって菓子の本家本元《ほんけほんもと》だって話だ。なんでも本家のほうは足利《あしかが》のころ（室町《むろまち》時代）の創業だそうで、江戸《こっち》の見世のほうは後《のち》の世に本家の弟が一念発起《いちねんほっき》だか喧嘩《けんか》別れだかして江戸までやってきて始めたそうだが、これも寛永《かんえい》（一六二四～四四。三代将軍家光《いえみつ》の時代）ぐれえまで遡れるってことでな。まあ、とにかく古い見世だそうだ。

ところがその本家のほうは寛文《かんぶん》（一六六一～七三。四代家綱《いえつな》の時代）のころの京の大火でみんな焼け死んじまって、今じゃあ本家本元の薄焼きゃあ、この見世でねえと買えねえんだと。京からぁ天子《てんし》（天皇）様のお使い（日光例幣使《にっこうれいへいし》）が年に一度下ってきなさるけど、そのお供についた下《した》っ端《ぱ》の公家《くげ》が見っけて例幣使《お使い》に献上《けんじょう》してから、江戸でのおもてなしの一品に加わったってえ逸話《いつわ》もあるそうだ」

日本には古くから朝廷が神社などに捧《ささ》げ物《もの》を奉《ほう》ずる慣習があったことを先例として、初代将軍家康《いえやす》を祀《まつ》った日光東照宮《とうしょうぐう》へこれを行うよう家光が働き掛けたことから始まったのが日光例幣使であり、以後慣例となって幕末まで継続された。

ただし、使いとして出される公家には経済的に困窮《こんきゅう》している者が少なくなく、朝廷の権威を笠に着て欲深く金銭を求める行為が目に余るほどで、経路の人々には毛嫌いされていたとの話が残っている。

「おいらも茶請《ちゃう》けに出されて食ったこたぁあるが、他と変わらねえ、何の変哲もねえ菓子にしか思えなかったけどねえ。まあ、うちのかみさんや倅《せがれ》の嫁さんからぁ、『なんでこの違いが判らねえ』って呆《あき》れられてるんだけどな」

すでに見習い与力として御番所に出仕している甲斐原の倅・佑《たすく》の嫁は、裄沢の隣家の娘で幼い頃から縁があった茜《あかね》だ。甲斐原がここまで話を逸脱《いつだつ》させたのは、茜が元気でやっていると裄沢にそれとなく知らせてやろうとの心遣いだったのかもしれない。

裄沢がそれに気づいたことを感じ取って照れたのか、甲斐原が口調を改める。

「えっと、話がちょいと寄り道しちまったな。で、その栄喜堂に二年前の秋口《あきぐち》、辰屋参右衛門《たつやさんえもん》て男が突然訪ねてきたんだがよ——ああ、この辰屋は真っ当な商人で、素性《すじょう》は確かな男だから詳細は省《はぶ》くぜ。

その辰屋が言うにゃあ、『自分は、栄喜堂《この見世》が始まったときからここの土地を貸している者に頼まれてやってきたのだが、その者が申すにはだいぶ前から地代の払いが止まってしまっているとのこと。なにしろ元が古い話ゆえ、そちらも悪意あってのこととは思っていないが、このまま済《な》し崩《くず》しにされるのはどうにも困ると考えるのは道理であろう。自分は先方よりその仲介を任されたゆえ、そちら様もそのつもりで話を進めさせてはもらえないだろうか』ということでな。

ところが、栄喜堂にとっちゃあ、手前《てめえ》の見世は土地から何から自分とこのモンだとばっかり思ってたから、全くもって寝耳に水の話だ。『突然の話で、これまで聞いたこともなかったことだから驚いているが、ともかくこちらとしても調べてみるから、しばらくときを貸してもらいたい』と、いったんお引き取りを願ったそうだ。

で、その辰屋は素直に引き上げたんだけど、そのまま帰りゃあしねえで、今度は栄喜堂がある町の町名主《まちなぬし》を訪ねて同じ話をし、その界隈《かいわい》の水帳《みずちょう》（当時の土地台帳。所有区分ごとに土地の所有者や年貢高などが記載されている）を見せてもらえるように頼んだと思いねえ。

ところが、水帳ってえなぁお前さんも知ってるように、百姓地について年貢高を記録しておくために作るもんだ。町名主は『昔っから町家であるこの辺りについては、そもそも水帳を作っちゃいねえ』って断り、得心《とくしん》してのことなのかどうか、辰屋はそこでもすんなり引き下がったってことだった」

「しかし、それでは終わらなかった？」

「ああ、そんだけで済んでたら、わざわざお前さんを呼び出したりしちゃいねえ。

辰屋が栄喜堂を訪ねてきてからおよそ、み月ほど後に、本所松倉町《ほんじょまつくらちょう》に住まう滝《たき》って女が北町奉行所《このごばんしょ》に訴え出てきた。訴えの内容は、栄喜堂の地所が自分の物だって確認してほしいってことだった」

「その滝という女が辰屋を仲介人として差し向けた者で、申し述べたところはみ月前に辰屋なる者が栄喜堂や同所の町名主に語ったことと一緒なのでしょうか」

「ああ、より詳しい話ではあったけどな。

お滝によると、同人《どうにん》はかつて豊臣《とよとみ》家に仕えた木村長門守《きむらながとのかみ》の係累《けいるい》で、長門守の実弟の子孫だってぇことだった。豊臣家の滅亡後、長門守の弟は医者として播州《ばんしゅう》（現在の兵庫県西部）のほうで暮らしてたそうだが、江戸は日本橋へ居を移し、お上《かみ》から今の栄喜堂がある土地を拝領したって言ってる。

それが寛永のころんなって栄喜堂の京の本店《ほんだな》の弟、江戸店《えどだな》初代がやってきて、『江戸で見世を出してえから、敷地のうちの表通りのほうを貸してはもらえまいか』と願ってきた。お滝の先祖も豊太閤《ほうたいこう》（豊臣秀吉《ひでよし》）が築かせた聚楽第《じゅらくだい》かどっかで親しく関わりがあったってえ話は子供のころから聞かされてたんで他人とも思えず、またこっちのほうが本音《ほんね》なんだろうけど、どうも家業のほうがあんまし上手《うま》くいってねえで『ありがたい話だ』ってんで、快《こころよ》く貸すことにしたんだそうだ。そのうちに栄喜堂の商売が当たって見世が手狭《てぜま》になってきたのを機に、お滝の先祖は川向《かわむ》こう（大川の東側、本所深川《ふかがわ》）へ移り住んで、日本橋の土地は引き払って全面栄喜堂へ貸すことにしたって語ってた」

「それが、長年そのまま続いているうちに、いつの間にか地代が払われなくなっていたと？」

「お滝が祖父《じいさん》から聞いたところによると、享保《きょうほう》十八年（一七三三）の途中までは地代が払われてたけど、それ以降は『長年の慣行で続けてきたが、いつまでも続ける理由はないからこれきりにしたい』と突然打ち切られちまったってことだった」

「土地の借り賃なら、とても通らぬ話ですな」

「ああよ。けど栄喜堂のほうにすると、そのころにゃあもう、自分らの見世の土地が借《か》り物《もん》だたぁ思ってねえようになってたってことでな。払ってたのは、江戸店の初代がこっちへ出てきたときにえらい世話になったんで、そのときの感謝の気持ちからの付き合いが延々続いてたという理解だったたっていう話さ」

「それでは、お滝とやらの祖父のほうは収まりますまい。まさか金が払われなくなったのをそのままにしておいたわけでは」

「お滝の言い方ぁともかく、揉《も》めたらしいな」

「そのときに解決がつかなかったのは、たとえば証《あかし》となる証文がすでに失われていたとか？」

「火事で焼け出されたときに持ち出せなかったのか、引っ越しのときに紛《まぎ》れて紛《ふん》失《しっ》したのかぁ知らねえが、もうそんなだったらしい。オマケに、それより遡ること九年前《めえ》の享保九年（一七二四）に、築地《つきじ》から出た火が広がって、栄喜堂を含むあの辺りの建物がみんな焼けちまったってことがあってな――辺り一面焼け野原になっちまやぁ、誰の土地がどこまでどころか、元あった道の場所も定かじゃなくなるってことが当たり前にあるってえのも、お前さんもご存じのこった。

で、焼け出された土地の家主《いえぬし》（大家に同じ。ただし土地建物の所有者のことではなく、建物管理や借家人統制の受託者を指す言葉）たちが寄り集まって、改めて地割《じわ》り（土地の区割り）を決め直したらしいんだけど、そんときにお滝の爺《じい》さんが呼ばれなかったのか、任せっきりにしたのかはともかく、栄喜堂の土地だってことで記録されちまったと言ってる」

「それを当時から知っていたなら口を出さなかったはずはないでしょうから、金が払われなくなった後に初めて知ったということでしょうな。ならば、ますます怒って当然の成り行きとなりますか」

「それが因《もと》かどうかは知らねえが、お滝の爺さんは栄喜堂と金のことでやり合うようんなった翌年にゃあ、ポックリ逝《い》っちまったそうだ」

「そこから、交渉ごとは一昨年まで途絶えていた？」

「いや、お滝の親父《おやじ》さんが後を引き継いで細々《ほそぼそ》と続けてたそうだけどな。それまでは爺さんが一手に引き受けてたのと、親父さんは爺さんたぁ違ってそういうことはあんまし得意にしてなかったんで、上手く話が進まねえまま、交渉のほうも途切れ途切れになりがちで、ときだけが経ってったそうだ。

その親父さんも爺さんが逝ってからそう経たねえうちにおっ死《ち》んじまった。お滝自身も旦那と死に別れたり、体のほうがすぐれねえのもあって療養《りょうよう》その他でいろんなとこを転々としてるうちに、ここまでときが経っちまったってのが当人の弁よ。

まぁ言ってることがホントなら、体が弱くてろくに働けもしねえ女がどうにか命を繋《つな》いでこうってんだから、知《し》る辺《べ》を頼ってもそう長いことひとところに世話になり続けるわけにゃあいかなかったってえなあ、そのとおりなんだろうけどな」

「祖父の死が享保の十九年（一七三四）ということなら、お滝自身ももう相当な歳になっておりましょう。それが、一度は断念していたはずの古い話を今さら蒸し返してきたのは？」

「はてな。その歳んなってようやく終《つい》の棲家《すみか》と思えるようなところに落ち着くことができて、以前を振り返る余裕が持てるようんなったってことかもしれねえし、あるいは己が死ぬ前《めえ》に、何としても心残りを解消しときてえって気持ちになったのかもしれねえしな」

「しかし、お滝の祖父や父親が掛け合いを重ねたのが今から六十年以上も前の話とはいえ、何度もなされたであろう自分の見世の地所に関する重大な話を、今の者らが全く知らぬままということがあり得ましょうか」

「そこなんだがよ、まずはここまでおいらがした話ゃあ、ずっとお滝やその仲介人として名乗り出てきた辰屋の主張するところってだけだ。栄喜堂や日本橋本町の町名主に追い返されてそのまんまスッこんだってえなら、たぁだどっかの訳の判らねえのが老舗の菓子屋に妙なアヤぁつけてきたってだけのことだったが、御番所へ訴えが出されたとなっちゃあ、それだけじゃあ済まねえ。北町奉行所はこっち《こっち》で、両方に証となる物を差し出させて、おいらたちできちんと詮議《けんとう》したのさ。

　で、その結果だけど、お滝のほうは爺さんと親父が何を言ってどうしてたかって話を手前の憶えてることだって口にするだけで、こっちが『きちんとした証んなる物だって認められるような品』は一っつも出しちゃあこなかった。

そんで栄喜堂《訴えられた》のほうだけど、確かに元は借り地だったけどその後は買い取ってるってえ、元禄《げんろく》のころ（一六八八〜一七〇四。五代将軍綱吉《つなよし》の時代）の沽券帳《こけんちょう》（売買の証文）を出してきた。それによるとあまりに昔の話で売り主ゃあもうどうなっちまったのか判らねえけど、お滝が述べた木村 某《なにがし》の末裔《ながれ》たぁどうにも思えねえ人物でな。そうなっちまえば、お滝側の訴えが取り上げられることなんぞありゃしねえやな」

四

「それが一昨年の秋の話――しかし、それで済んでいるなら、俺がここに呼ばれてはいないですよね」

「ああ、そのとおり。まだこの話には続きがあってな――。

翌年――つまりゃあ、去年の五月に、お滝の歳の離れた従弟《いとこ》を名乗る亀太《かめた》ってえのが、おんなし訴えを今度は南町のほうへ持っていきやがった。それが、南町のお奉行が乗った駕籠《かご》へ駆《か》け込《こ》み訴《うった》えするなんて、思い切ったやり方でよ。けど無論のこと、いったん下ったお裁きを別な御番所《ほう》へ持ってったって、受け付けるモンじゃねえや。南町からぁ、『北でお裁きを下したものを南町へ持ってくるのはお門違《かどちが》いだ』って、そのまま門前払《もんぜんばら》い喰らったのさ。

そいで諦めりゃあいいものを、この亀太ってのがしつこい野郎でよ、『南の御番所から北へ訴えろとお指図があった』なんぞと手前に都合のいい解釈しやがって、またこっちへ持ち込んできたのさ」

老中や町奉行などが乗る駕籠へ駆け込んで訴える駕籠訴《かごそ》や、老中などの重職の大名屋敷やその周辺の武家屋敷の塀に、己の訴えたいことを書いた紙を貼り付ける張訴《はりそ》といった手段は禁止されていて、訴えた者が捕らえられ罪に問われることもあったが、その取り締まりは時代を経るに従い緩《ゆる》やかになっていく傾向にあった。

武家において改易《かいえき》（取り潰し）が浪人を市中に溢《あふ》れさせ、世情を不安定にすると考えられるようになったのと同様、庶民についても一方的に押さえつけるだけでは打《う》ち壊《こわ》しや一揆《いっき》といった暴発に繋がるという考えが広がっていったからであろう。駕籠訴や張訴などは、自分の主張がお上に取り上げられず不満を持つ者らが、自らの考えを世間に広く訴え、その結果お上の重い腰を上げさせるための、有効な手段として用いられるようになっていったのだ。

「栄喜堂にすりゃあ自分のとこに憶えのねえ、前の年に引き続いての延焼《もらい火》みてえな災難だ。前にも出してきた沽券帳を町名主に預けて、呼び出しは勘弁してほしいってこっちに泣きついてきた。で、代わりにやってきた町名主だけど、前に辰屋に断ったように、『百姓地じゃねえからもともと水帳なんぞは作ってねえ。けど、一番古い物で寛保《かんぽう》二年（一七四二）作成の沽券帳の控えは残ってたし、前のゴタゴタで町名主のほうもいろいろと古い物を調べ直したってこともあったんだろうなぁ、一番古い控えから二年後の寛保四年に、町年寄の奈良屋《ならや》が作ったたってえ町中《ちょうちゅう》沽券絵図《こけんえず》（土地の区画と所有者のみを記載した、現在不動産屋などが用いている白地図《はくちず》のような物）なる物も出してきた。

町名主が出してきた二つの記録の中身はほとんど一致してて、お滝や亀太が言うところの貸し地たぁ寸法が違ってる。オマケに、最初にお滝の先祖が貸した表通りに面した土地と、後から明け渡したってえ残りの土地を合わせると、一本裏を通ってる道より先まではみ出すことになっちまう。こんなんじゃあ、とてもじゃねえけど言ってることを鵜呑《うの》みにするようなマネぁとうていできやしねえ。

そのあたりを亀太を呼んでよぅく言い聞かしてやったんだが、頑固なんだか意地ぃ張っちまったんだか知らねえが、いっこうに得心しやしねえ。栄喜堂のほうからぁ、まぁ御番所に呼び出されんなぁ迷惑だって考えもあってのこったろうけど、『双方呼び出しとなった場で、こちらの言葉尻を摑《つか》まえて、何とか金を引き出そうとしてんじゃねえか』なんて疑いを口にしてきてな。おいらたちも、亀太の様子を見てると、そっちの言い分のほうがもっともに思えてきてよ。

で、埒《らち》が明かねえから、亀太のほうはひとまず脇へやっといて、肝心要《かんじんかなめ》のお滝を呼びつけたのよ。『これまで御番所で申し立てられたことについちゃあ、みんなきちんと口書《くちがき》（供述書）を取ってる。これだけことを分けて十分話してやったのにどうしても聞き分けねえってんなら、正式にお奉行様に上申《じょうしん》して証拠の品と口書も揃《そろ》えて提出し、直のご判断を仰ぐことになるがよいか。その場合、そのほうらのやり様に不届きな点あらばお叱りを蒙《こうむ》ることとなるが、覚悟の上で返答をせよ』ってな。そしたらお滝としても、亀太のやり様にゃあ行き過ぎだと思うところも多分にあったんだろうな。畏れ入って、訴えを取り下げることとんなったのさ」

こたびの一件については、訴えた側の心証《しんしょう》があまりにも悪かったため、「無理な訴訟《そしょう》を起こすな」という説得に終始したことになる。訴えの内容があまりにも独善的であった場合などは、現代とは違って「お上の手を無闇に煩《わずら》わせた」として罪に問われることまであり得たのだ。

「物がお滝の先祖が貸したはずだっつってる土地だ。その当人が引っ込んだら、ただの従弟でしかねえ亀太が何を喚《わめ》こうが、当事者でもねえのに御番所が取り上げるこたぁねえ。そんで、昨年の訴訟沙汰も立ち消えになったのよ」

一昨年にお滝が訴え出たときを含め、正式なお裁き（裁判の開廷《かいてい》）までには至らなかったということであろう。現代で言う民事については特に、町方も、町名主などの町家自体も内済《ないさい》（示談《じだん》）での解決を目指す傾向が強かった。争いごとで訴えがあるとまずは双方から事情を聞き、いずれもが納得できる妥協点《だきょうてん》を模索するのだ。それで折り合いがつかない場合のみ、正式にお白洲の場へ紛争《ふんそう》が持ち込まれることになるのだった。

訴えの取り下げも含め、内済に利害の当事者が応じてしまえば、ことを大きくしたい第三者がいくら騒いだところで相手にされることはない。

「しかし、それでみんな済んだわけではなく、一昨年、昨年に続き第三幕もあったと？」

「ああよ——まあ、お前さんの言う第三幕は、まだ幕が上がったワケじゃあなくて、そんな気配がずいぶんと濃くなってきたってとこなんだが」

「また亀太とやらが何か蠢動《しゅんどう》し始めたと？」

「あいつが裏にいそうなこたぁ確かだが、こたび表で動いてんなぁ、お滝の養子んなったってぇ庄吉郎《しょうきちろう》って名の男と、その庄吉郎の実父の文次《ぶんじ》って爺《じじ》ぃだ。二人はまず、大目付《おおめつけ》様んとこへ駆け込み訴えをして捕らえられ、北町奉行所《こっち》へ引き渡されることになったのさ。

　こっちとしちゃあ、『すでに終わったことだ』と向こうの言い分を突《つ》っ撥《ぱ》ね、『いつまでもお上を煩わすようなことを続けんな』って説諭《せつゆ》して放り出したんだけど、これだけしつこい連中がすんなり退《ひ》き下《さ》がるたぁ、とうてい思えねえ。次にゃあ何やってくんのか、ちょいと頭の痛《いて》えとこでよ」

「しかし、以前の訴えはすでに否定されて、お滝らは退き下がったのですよね。その際には証一つまともに立てられなかったのに、同じ訴えを起こしても今度こそ罪に問われることになるばかりなのでは」

　甲斐原は不快そうに「それなんだがよ」と話の先を述べる。

「こいつぁ、一昨年にお滝へ『そんなあやふやな話じゃあお取り上げにゃあならねえ』って申し渡したときのことなんだが、お滝は土地の貸し賃が途中から入ってこなくなったってえ訴えが取り上げられねえこたぁいちおう呑み込んだものの、『ならば我が家の由緒《ゆいしょ》をお上に認めてもらうことだけはしてもらえまいか』と申し立ててきたのよ。まぁ当人に取っちゃあ、家の由緒を認めてもらえりゃあ、銭は入らなくとも体面《たいめん》だきゃあ保てるってぐれえのつもりだったかもしれねえけどな。でもよ、こっちからしてみりゃあ、そいつぁお滝が当初訴え出てきたことたぁ別件になる。どうしてもそれを質《ただ》したいのなら、また別途で新たに願い出ろと言うしかなかったってワケさ」

「こちらから言ってやったそれを逆手《さかて》に取って、向こうが今度は新たな訴えを起こしてきたと？」

「庄吉郎らが大目付んとこへ駆け込み訴えしたなぁ、まさにそんな手ぇ使ってだな——庄吉郎らの身柄がこっちに移されてきたもんだから、野郎どもは手前の住まう町の名主を引きずってきて、手前らの訴えを真正面からぶつけてこようとするはずだ」

駆け込み訴えや張訴などの行為は、自分らが不当な扱いを受けていると世間に広めるために行われたと書いたが、目的はそればかりではなかった。

当時の訴訟には訴えたい者が手前勝手に自分らだけで願い出ても受理されることはなく、たとえば町人であれば己の住まう町の町名主や自分の住まいの大家などに付き添われ、身元を保証してもらうことが必要だった。駆け込み訴えなどで自分の主張を「世間に広める」ことで、町名主らにとっても無視して放っておくことができないようにするという、無理にでも尻を上げさせる意味合いを持っていたのだ。

こたびで言えば、一昨年のお滝の訴えに引き続き昨年の亀太の訴えでも手間を取らされ、そのいずれもにべもなく却下されるような結果に終わっているのだから、町名主としては「もう一度」と言われたとて、いい顔をするはずがない。

そこでまずは大目付へ駆け込み訴えをして町方へ身柄が送られるようなまねをして、大目付に「訴えるなら町奉行所へ」と言わせて町名主らが嫌でも付き合わざるを得ないようにしたのだと思われた。前回の南町奉行への駆け込み訴えも同様の意図《いと》からであろうが、ここまでやったからには、叱られてすんなり退き下がることなど期待できようはずもない。

こたびの大目付への駆け込み訴えでは、滞《とどこお》るようになった土地の借り賃を求めるところから、自分の家の由緒を認めてもらうことに主張を変更してきた。その先には当然、「由緒を認めてもらったからには栄喜堂の建っている土地が自分らの物であることが認められたのと同義であるから、土地の借り賃はこれまでの未納分を含めてきちんと払ってもらう」という交渉を始めるつもりであろう。お滝の養子らがそうした目論見《もくろみ》で動いていることは、ほとんど確実だと言えるのだ。

「なるほど。で、今後実際どういう手に出てきそうか、俺が探ればよいということでしょうか」

「ああよ。どうにも捲土重来《けんどちょうらい》を期して虎視眈々《こしたんたん》と狙ってるって感じがしやがるからよ、なら向こうが本腰入れて動くまで黙って待ってることもねえかってことでな」

亀太がどこに住んでるかはまだ確かめていないが、お滝の――おそらくは養子となったという庄吉郎も含めて――今の住まいは本所。舞台となっている栄喜堂の土地は日本橋北。定町廻りの受け持ちとしては来合轟次郎《らいごうごうじろう》と西田小文吾《にしだこぶんご》の二人の担当に跨《また》がっているし、すでに詮議が始まっているという案件でもない。それに何より、お奉行の了承も取れているという。

そこまで仕事に徹した説明をしていた甲斐原が、口調を変えてぽつりと言った。

「実ぁな、こたび厄介《やっかい》ごとを背負《しょ》い込んだ栄喜堂ってとかぁ、ウチの親方の出入り先でよ」

商家や大名家などは、町家との面倒な諍《いさか》いを抱え込んでしまったときなどに親身に相談に乗ってもらうため、町方役人と普段から誼《よしみ》を通じておくようなことが慣習化されていた。こうした付き合いは、当時の価値観では法を捻《ね》じ曲《ま》げるような過度な肩入れでもしない限り問題視されることはなく、むしろ円滑《えんかつ》な商売やお家の運営には必要なことと見なされていた。

求めに応じて付き合いができた町方を、当時は「出入りの役人」などと呼んでいた。出入りの役人として人気が高かったのは、同心では普段から紛争の際には間に入って事態を丸く収めることに手慣れた三廻りであり、与力では奉行所内で発言力の高い吟味方や年番方《ねんばんかた》（人事や経理などを担当する部署）であったのだ。

「親方が吟味方に来たばっかりの若《わけ》えころから栄喜堂の先代にゃあずいぶんと可愛がってもらったって話でよ。そうなると、おいらたちにしてもやっぱりチョイと余分な力は入っちまうわな。

まあ、とはいえ親方はこたびの一連の吟味にゃあ、あえて自分からぁ直接関わらねえようにしてるし、おいらたちにしたって栄喜堂の誤魔化《ごまか》しを見て見ぬ振りするようなこたぁいっさいしてねえけどな——親方との関《こ》わ《な》りぁ《こ》口《と》にしなくても問題はねえんだが、お前さんにゃあ知っておいてもらったほうがいいかと思ってよ」

「さようでしたか」

最後に付け加えられた話を加味しても、隠密廻りである己が動くのに何ら差《さ》し障《さわ》りはないと判断して裄沢は頷いた。

「お話は承りました。どこまでできるか、ともかく動いてみましょう」

裄沢は甲斐原からお滝、その従弟の亀太、養子の庄吉郎とその実父の文次の住まいと相貌《そうぼう》を訊き、普段は腰から下げている手控《てびか》え（メモ・備忘録《びぼうろく》）を本日は大雨で家に置いてきたため、その場で紙をもらって書き込んだ。なお大目付のところから北町奉行所へ移送されてきた庄吉郎と文次は、すでに軽いお叱りの後で解き放たれている。

呼び出すことは容易であってもそんなことはしないし、仮に御番所の仮牢などに入れたままであっても、そっと覗き込んで面つきを確かめるようなつもりはなかった。万が一にも御番所内でこちらの姿を見られて町方だと勘づかれるよりは、そこらの浪人の態《てい》で何気ないふりを装《よそお》って近づいたほうが、こたびに限ればよっぽど探索に益《えき》すると思われたからである。

甲斐原の前を辞した裄沢は、玄関脇の式台から外へ出て建物沿いに奥へと回り、少し用を足してから奉行所を後にした。

本日は、このまま吉原の面番所へ行って立ち番の仕事に就くつもりである。甲斐原からの頼みごとについては、ひとまず様子を見ながら取り掛かっていこうと考えていた。

五

「旦那様。御番所のお手先で、貫太《かんた》と名乗るお人がいらっしゃいましたが」

それから数日後。本日非番の裄沢が己の組屋敷で寛《くつろ》いでいると、下男の茂助《もすけ》が来客を告げてきた。

貫太は当人の告げたとおり奉行所の小者で、裄沢が隠密廻りに任じられて以降、二度ほど手伝いをしてもらったことのある男だ。度胸があって目端《めはし》も利き、如才《じょさい》ない振る舞いもできる者で、ことあるごとにずいぶんと頼りにさせてもらっている。

「そうか。こちらへ通ってもらってくれ」

相手の名を聞いて通すように言ったが、戻ってきた茂助は「遠慮《えんりょ》してお庭のほうに回りなさるとのことで」と知らせてきた。

頷いて腰を浮かせ、陽の射す屋外を見やれば、もう相手がやってこようとしているところだった。貫太は裄沢と目が合うと、その場で足を止め頭を下げてきた。

「お休みのところをお騒がせして、申し訳ありやせん」

「いや、俺の頼みで動いてくれているのだ。こちらとしてはありがたいばかり――さあ、そんなところで畏《かしこ》まっておらずに、ここへ来て縁側《えんがわ》に腰掛けてくれ」

そう言いながら自分も縁側まで出た裄沢は、その場に腰を下ろす。いったん下がった茂助が二人の茶を運んできて並べた。

裄沢に再度促《うなが》され、貫太は遠慮がちに縁側の縁《へり》に尻を落とした。

「亀太って野郎のことが、いくらか判ってきたもんですから。お休みの日にご迷惑《めえ》かとも思いましたが、早いほうがいいかもってこって、図々《ずうずう》しくも押し掛けて参りやした」

貫太がまた詫《わ》び言《ごと》を口にする。

「いや、俺としてもそのほうがありがたい。よく来てくれた」

貫太は勧められた茶を手に取り、ゆっくり話し始めた。

「あの男、稼業は大工《でえく》ってことになっておりやすが、半端者《はんぱもん》で最初についた親方にゃあ見放され、今は人手が足らねえときに材木運びとかの人足《にんそく》代わりとして、あちこちから偶《たま》ぁに声が掛かるって程度のことしかしておりやせん。普段は何もせずにフラフラしてるだけで、大工ってよりゃあまるで遊び人でさぁ。そいでどうやって暮らしが成り立ってるのかてえと、こたびみてえに金の匂いがするとこへパックリ喰《く》らいついて離さねえ、そのうちに相手のほうがウンザリして、いくらか金ぇ包んで余所《よそ》へ行ってもらうって寸法で。

ありゃあ、亀ってえより、まるで鼈《すっぽん》でさぁね。当人の前で口にする者《もん》はあんまりいませんけど、陰じゃあ亀太をひっくり返《けえ》して太亀《ふとがめ》なんて呼ばれてるようです」

「なるほど、やはりそういう男か――で、亀太と庄吉郎との繋がりは」

「コッソリ隠れてですけど、確かにありやすね。ただし庄吉郎と、っていうよりかは、その実の親父の文次のほうとですけどね。

文次は亀太ほどの悪《ワル》じゃあねえようですけど、お調子者《ちょうしもん》で、すぐ人に乗せられるようなフワフワしたとこがあるようで。亀太から聞かされた分け前に舞い上がって、腰の重い倅を大分《でぇぶ》焚《た》き付《つ》けてる様子です」

本所深川を持ち場としている定町廻りの来合は、裄沢の幼馴染《おさななじ》みで気心が知れている。いつもなら、こうした探索の際にはその来合に声を掛けているところだし、そうしなかったことがもしバレたら苦情をぶつけられそうだが、こたびわざわざ来合に頼まず貫太を使ったにはそれなりの理由があった。

それは、甲斐原に聞かされた話から察せられた亀太の為人《ひととなり》を考えてのことだった。

訴えを取り上げてもらえなかったお滝の一件を耳にした亀太は、成功した暁《あかつき》に手にできる大金を胸算用《むなざんよう》し、「自分ならばもっと上手くやれる」と考え乗り出した。そして散々粘《ねば》ってみたものの、結局はお滝と同じ結果になって、金策の根幹であるお滝からも遠ざけられてしまった。

普通ならば諦めるところであるが、そうするには目の前にぶら下がった金高《おたから》があまりにも大きかったのだろう。一年掛けてやり方を考え直してきたのではという、甲斐原の予想は当たっていたようだ。

まずは、町方に目をつけられたと同時に忌避感《きひかん》も持たれるようになったであろう己が、また前に出ても上首尾《じょうしゅび》に終えるのは難しいと考え、庄吉郎とその実父の文次を表に立ててきた。

あるいは、庄吉郎がお滝のところへ養子入りした経緯《いきさつ》にも、亀太は一枚噛《か》んでいるかもしれない。

そして、同じ訴えを何度続けても取り上げられることはなかろうと、最初の訴えが退けられてからお滝が新たに主張し始めたことをこたびの訴えの内容とした。当時北町奉行所がお滝へ「こたびの訴えの内容とは違うことを申し述べたいなら、別途新たに訴えろ」と門前払いしたのを、逆手に取ってきたのだ。

相手の隙《すき》を巧妙に衝《つ》いてくるような、こうした悪巧《わるだく》みができる男であれば、自分の周囲にも十分目を配っていておかしくない。なにしろ亀太はたった一年前に、町奉行所を苛立《いらだ》たせるほどに煩わせた男なのだから。当然、ところの御用聞きはその動向に目を光らせているはずだ。

となれば、何らかの手立てをもって、亀太がところの御用聞き――自体は難しくとも、その子分の一人か親しい知り合いあたり――を手懐《てなず》けて、御用聞き自身やその使用者である町方の動静に、目を配っているとも考えられる。

もし裄沢が来合に声を掛けていれば、自分でやるか人に任せるかはともかく、亀太の住まい近辺を縄張《なわば》りとする御用聞きが必ず絡《から》んでくることになる。裄沢は、そこから自分らの探索が亀太に知られてしまうのを警戒し、本所の土地とは直接関わりがない貫太を使うことにしたのだった。

「さようか……」

貫太の報告を聞いた裄沢は、しばらく黙考してから顔を上げる。

「貫太。そなた、この後の仕事は」

「へい。仁助《にすけ》さんからは、裄沢様からの御用が続くようなら、そっちを優先しろと言われておりやす」

仁助とは、北町奉行所の小者を統率する立場にある、小者の頭格《かしらかく》に任ぜられている男のことである。

「ありがたいな。ならば、亀太の住まいに案内《あない》してもらおうか」

「……これからにございますか？　――本日はお休みでは。よろしいので？」

「なに、廻り方などは自分の受け持ちで難題が持ち上がれば、非番返上で働くものだ。そうでなくとも、寛永寺《かんえいじ》や増上寺《ぞうじょうじ》（いずれも将軍家菩提寺《ぼだいじ》）に公方《くぼう》（将軍）様がお成りあそばすような際には、南北の御番所が総出で市中警備に当たったりするであろう。

そうしたことと比べれば、休みの日の暇潰《ひまつぶ》しのようなものよ」

「さようにございますか。では、お供をさせていただきやす」

ちょうどよいことに、この日は梅雨の合間《あいま》の晴れであった。普段着の着流し姿で家を出た裄沢は、貫太をお供に足を東へ向けて永代橋《えいたいばし》を渡る。

こんなこともあろうかと、このごろの裄沢はずっと本多髷《ほんだまげ》にしていた。町方の同心は小銀杏《こいちょう》に結《ゆ》っている者が多いが、これは別に決まりの髪型ということではないから、誰に咎《とが》められることもない。裄沢の今のお役が、ときに身分を隠し変装もして秘密の探索にあたる隠密廻りだということもあり、武家から町人までごく当たり前に見られる髷にしていることへ、文句を言える者はいなかった。

永代橋で大川を越えた裄沢は、道を北に採って深川から本所へと入り、さらに北東のほうへと足を進めていった。

上役に容易に馴染まぬ裄沢は、歳の割にお役替えが多く、若いころには本所方《ほんじょかた》と呼ばれる仕事に就いていたこともある。なお本所方は、本所深川の道や橋梁《きょうりょう》の整備、掘割《ほりわり》の浚渫《しゅんせつ》、水害時の救難などを任とするお役だ。

二年前には、怪我をした来合の代役として、短期間だけだが定町廻りの任に就いて本所深川を受け持ったこともあった。ために、この辺りならばいまだそこそと土地鑑があると自認している。

　――お滝が北町に訴え出たのが一昨年の秋ということは、ちょうど俺が轟次郎に定町廻りのお役を返した直後ぐらいのことか。

そんなことを考えていると、口を閉ざして案内に徹していた貫太が、わずかに振り向いて言い掛けてくる。

「裄沢様。これは、関わりがあることかどうかはっきりしなかったので申し上げませんでしたが」

裄沢は、歩幅を広げて貫太の隣《となり》に並んだ。

「なんだ。気になることがあるならば、些細《ささい》なことでもいいから教えてくれ」

「へい、それじゃあ。こいつぁ、ちょいと前の話――去年、亀太自身が北町奉行所へ訴えを起こしてゴタゴタしてたあたりのことらしいんですが。

そのころ、どうもあの野郎、それまで見向きもしなかったとこへ、急になんべんも足ぃ運ぶようになった――てえか、無理矢理押し掛けるようなことぉしてたようでして」

「御番所で吟味方とやり合っている最中なら、普通であればそちらに全力を注《そそ》ぐはずだな。そんなときに新たに手を出した相手とは、どんな者だったのだ」

「それが、どうやら指物師《さしものし》をやってる者らしゅうございまして」

指物師とは、机《つくえ》や箪笥《たんす》、各種の箱、火鉢《ひばち》の外枠《そとわく》などの、木材を使用した家具や道具を作る職人のことである。

「指物師……話に聞く亀太のような男が、わざわざ新たな道具を作ってもらいに指物師のところへ行くとも思えぬが」

量産品などない時代のことであるから、庶民は多くの場合、こうした生活の品は古道具屋から調達するなどして間に合わせていた。少なくとも、見世で求めずにわざわざ職人のところへ足を運んで特注品を作らせるようなことはしない。

「あっしもそう考えやして、気になったもんですから亀太が向かった先のことを調べようとしたんでやすが」

「？　どうした。職人なれば、さほど調べに苦労するとも思えぬが。それとも、どこかのお抱えとかで差し障りでも出たか」

まさか亀太が足を運ぶような相手にそのようなことはあるまいと思いながら、問い掛けた。

「いえ、そんなんじゃねえんですけど、どうやらあっしが手をつける前《めえ》に姿を消しちまったようで」

「姿を……」

わずかに考え込んだ裄沢が、思いつきを口にする。

「まさか、何かがあって亀太がその男を始末《消》したということではあるまいな」

「あっしもちょいとソイツを疑いましたけど、あの男にゃあ、そこまでの度胸も手立てもあるたぁ思えませんので。まずは、あり得ねえと考えておりやす」

「では、何があったか……その前に、亀太がどうして指物師のところなど足繁《あししげ》く通っていたかということのほうだが」

「一番ありそうなのは、何かそいつの弱味を見っけて脅《おど》しに掛かった、で、相手は面倒んなって亀太に見つからねえとこへ夜逃げしたってあたりでしょうけど」

「しかし、御番所とやり合っている最中にそんなことへ手を出している余裕などなさそうではあるな」

「へえ。しかもそいつが消えたのは、亀太が煩わしてたところから半年ほどは後になるようで」

「消えたころには、亀太は足を運ばなくなっていた？」

「ええ。少なくともそのみ月前《めえ》には」

「……脅しにはいったん応じてみたものの、やっぱり耐えられなくなって逃げた、ということはあり得るか」

「なるほど。そいつは確かに考えられますね。けど――」

「御番所とやり合っている最中に、そんなことにまで手を出すとは、やはりなかなか考えられない」

「ええ、そこんとこは引っ掛かりやす」

「亀太が指物師のところへ何度も押し掛けていたのは、御番所への訴えがこれからどうなるかという、切所《せっしょ》のあたりのことか」

「いえ、たぶんですけど、吟味方の旦那方からいろいろと説諭されてたけど、強情《ごうじょう》張って頑張ってたあたりじゃねえかと」

「するとやはり脅していたというのは考えづらいかもしれぬな」

「？」

「そんなときに、他の悪事に手を染めていたことが明らかになってみよ。吟味方は、喜んでそちらのほうで引《ひ》っ括《くく》らせるわ」

御番所を煩わせて心証を悪くしている最中であるということは、何か悪事でも働けばすぐにしょっ引かれることになりかねない、という状況にあることを意味する。金蔓《かねづる》を何とか摑もうとしている亀太が、そんなつまらないことでせっかくの儲《もう》け話をフイにするとは思えなかった。

指物師を脅して取れる端金《はしたがね》よりも、日本橋の老舗の菓子屋から長年滞納している地代を受け取るほうが、どう考えても多い金高《きんだか》になるはずだ。もし意外にもそうでなかったなら、勝ち味の薄いお白洲のほうは吟味方の説得に応じてさっさと切り上げ、指物師のほうに専念していただろう。

「ああ、なるほど。御番所とやり合ってる最中なら、ところを受け持つ来合様も、亀太の住まいの辺りを縄張りにしてる御用聞きだって、目ぇ光らしてたでしょうしね」

六

――では、その指物師とはいったい……。

考え込んでいる裄沢に遠慮を覚えつつ、それでも貫太は続く言葉を発した。

「その指物師ですが、どうやらずいぶんと小器用《こきよう》な男らしくて、木で形を作るだけでなく、さすがに塗《ぬ》り物《もの》までは手ぇ出しちゃいねえようですが、押《お》し箔《はく》程度は難なくこなしちまうって噂もあったようですけど。ですが、それにしちゃあ住んでるとこが今にも倒れちまいそうな襤褸《ぼろ》い裏長屋だったんで、実際の腕のほうは大《て》したこたぁなかったんでしょう」

「……」

「で、こいつこそどっから出てきた噂か判らねえような与太話《よたばなし》ですし、『その指物師のことだ』たぁ間違っても断言できやしねえことなんですけど、上木場《かみきば》の辺りに腕のいい贋作師《がんさくし》がいるとも言われてまして。贋作師の得手《そいつ》（得意《えて》）は茶道具とかの古い物に似せて作るような品なんですけど、亀太が足を運んでた指物師の住まいってえのが島崎町続町《しまざきちょうつづきまち》にありやして」

深川のほぼ中央を流れる二十間川《にじっけんがわ》（仙台堀川《せんだいぼりがわ》）の東寄り、南岸から南側一帯が貯木池のある木場《きば》であり、その後付けで出来た地名か、北岸の辺りが中木場《なかきば》、さらにその北側が上木場と呼ばれている。裄沢との関わりで言うなら、上木場は娘《むすめ》軽業《かるわざ》の一座に扮《ふん》した一味が盗みに入った中木場の材木問屋より、一本北側の道の辺りになる。

島崎町続町は、その道の東の突き当たりに位置した。上木場の東端の土地、ということになろうか。

わずかに考え込んだ裄沢が、話題を戻したような問いを発する。

「ところで、亀太が指物師のところへ足繁く通うようになった前後で、他に変わったことはなかったか」

「変わったこととおっしゃいますと？」

「たとえばだが、金策に走り回ったというようなことは」

「年中懐《ふところ》ぉピーピー言わしながらろくに働きもしねえで、濡《ぬ》れ手《て》に粟《あわ》の話ばっかり追っかけてるような野郎ですから、そりゃあ金ぇ引っ張れるような目のあるとこは漏れなく足ぃ運んでたでしょうが……そういやあ、ちょいと妙だなって思うことがありましたね」

「それは？」

「へい、そんな野郎ですから、借金取りに追いかけ回されんなぁ当たり前ってぇ暮らしをしてそうなモンですけど、それまでは上手く逃げ回れるようなとこからしか借りてなかったのか、そっちのほうで騒ぎんなったなんて話だけはほとんどなかったんですよ。ところが裄沢様が気になさってるころからでしょうか、物騒な話がチラホラ出てきたようでして――借りてる先に、どうやら筋のよくねえとこが混ざるようになったんじゃねえかって噂で」

「筋のよくない？」

「ええ。中でも危《ヤバ》いのは、金を返さねえ者が、よくその辺の堀に浮かぶって評判のとこでして。ただ、その金貸しが殺《や》ったってえ確たる証がねえもんですから、来合様も手出しできずにいるんだと思いますけど」

怪我をした来合の代理で裄沢が定町廻りとして本所深川を受け持ったときには、そのような引き継ぎを受けた憶えはないし、よく助けてくれた臨時廻りの室《むろ》町《まち》左《さ》源《げん》太《た》からも、そうした話を聞いたことはなかった。

──あるいは、慣れぬ仕事であった上、ほんの数カ月だけのお役だったから、あまりにも危ないところは触れぬようにしてくれていたのか……。

そんな思いも過《よ》ぎったが、今の関心は別なところにある。

「金を返さぬと己が水死体《どざえもん》として堀に浮かびかねないなどと噂が立てば、借りる者などいなくなるのではないのか」

「そんでも他に貸してくれるところがねえとなりゃあ、よんどころねえ事情を抱えてるようなお人は嫌でも足を向けますので。

で、結局ぁ返したくても返せねえってお人が数多く出ることとんなりやす。そういうお人が溜《たま》ってきたところに、『またあそこから金ぇ借りた者が堀に浮かんだ』なんて噂が聞こえてくりゃあ、そりゃあどんな無理してでも返そうって目の色変わりまさぁね。

どういう巡り合わせだか、そんとき新たに土左衛門になるのは、何があっても返さねえと見込めるような野郎らしいですからね。まあ、見せしめにすんならちょうどいいから貸してやろうか、ぐれえで金貸してもらえんのかどうかは知りませんけど」

「亀太は、そんなところからも金を借りていた……」

「ええ、噂ですけど。そう頭のいい野郎じゃねえけど鼻ぁ利きやすんで、本気で危ねえとかぁ避けてきたように見えてたんですけどね。一か八かの大勝負で負けが見えてきたんで、二進《にっち》も三進《さっち》もいかなくなっての自棄《やけ》のヤン八《ぱち》か、それとも奴《やっこ》さんもとうとう焼きが回ったかって、さっき旦那に問われるまではあんまし気にも掛けてなかったんですが」

そんなことを話しているうちに、目的の場所が近づいてきたようだった。裄沢と貫太の二人は、北へ向かって北割下水《きたわりげすい》を越え、東西でいえば本所中央を北から南へ流れる大横川《おおよこがわ》の近くまで来ていた。

「お滝の住まいは本所松倉町だと聞いていたが、亀太もその近所に住まっているのか」

　裄沢が周囲の様子を確認しながら問う。

　松倉町は、北割下水の北側に、いくつかに分かれて存在する町である。南北の割下水には小普請組《こぶしんぐみ》と呼ばれるお役に就かない幕臣の組屋敷が建ち並んでいるが、松倉町の周囲は小禄《しょうろく》ながら役付の御家人の住まいが多かった。ただしこんなところに住まいを与えられているのは、いずれも些末《さまつ》なお役に就いているだけの小役人ばかりである。

　裄沢の問いに、貫太は頷いて答えた。

「へい。亀太の住まいは、中ノ郷横川町《なかのごうよこかわちょう》にありやすんで。まぁあの程度の野郎が金の匂いを嗅《か》ぎつけることができるなぁ、そんな広い範囲じゃありやせんから」

　中ノ郷横川町は、大横川の西岸に貼り付くように広がる細長い町である。その松倉町に近いあたりに、亀太は住んでいるのであろう。

　横川町が近づいてくると、貫太は足を止めて振り返った。

「こっからぁ、あっしがちょいと先行させていただいて、先に様子を確かめてきまさぁ」

「助かる。では俺は、少しこの辺りを彷徨《うろつ》いていよう」

桁沢の返答に軽く頭を下げた貫太は、小走りに近い急ぎ足で去っていった。その貫太が戻ってくるまでに、さほどときは掛からなかった。

「桁沢様。ちょうどいい具合に、あいつは長屋《いえ》にいたようで。ちょっくら陰から覗いてみやすかい」

「向こうに気づかれたり、周囲に怪しまれたりしないようであれば、そうしてみようか」

「なに、近所の鼻摘《はなつ》まみ者《もん》で、周囲で何があってもみんな関わろうたぁしませんから。幸い、悪仲間も今はいねえようで」

貫太の返事に頷いた桁沢は、その背に従って足を進めることにした。

もともとが平坦な湿地であった本所深川は、掘割を多く切ることで排水に努め人の居住に耐えうる場所としたところだが、それでも大雨が降れば水が出やすいなど、水害の多い土地であった。

亀太の住まいは、その本所の中でもずいぶんと湿《しめ》り気《け》が多そうな、貧相な裏店《うらだな》(裏長屋)にあるようだ。

貫太に促されて、桁沢は隣の建物の陰からそっと覗き込んでみた。

人相の悪い太鼓腹《たいこばら》の男が、縁台の真ん中に独りどっかりと腰を下ろして、骨の見える破れた団扇《うちわ》で自分を扇《あお》いでいる。色褪《いろあ》せ、はだけた襟元《えりもと》がほつれかけているようなヨレヨレの単衣《ひとえ》の両袖《りようそで》を肩まで捲《まく》り上げて、それでも蒸し暑いのか、ずいぶんと不機嫌そうな顔をしていた。

近所の子供が走り回っているのへ険悪《けんあく》な目を向けているから、そのうち「やかましい」なんぞと怒鳴り始めるかもしれない。

「あれが亀太か」

「へえ。どうしようもねえ破落戸《ごろつき》で」

陰からじっと見ていた衿沢が、ぽつりと思いつきを述べた。

「ちょいと、突《つつ》いてみようか」

「よろしいんで？」

わずかに驚きを顔に出した貫太が問うてくる。

「あんまり芝居《しばい》っ気《け》があるとは自分でも思っちゃいないが、もう探《や》れるだけのことはやっちまったんだろう？」

「ええ、まあ。どうにも底の浅《あせ》え野郎ですんで」

亀太から振り戻した視線での促しを受けて、貫太は建物の陰から足を踏み出した。亀太がその姿に気づいたのは、ずいぶんと近づいてからのことだった。

「よう、亀」

「こいつぁ、貫太の哥《あに》ぃ」

それまでの物騒な面構えが、貫太を目にしたとたんに一転して薄っぺらい愛想《あいそ》笑《わら》いに変わる。その表情の裏側に、子供でも判りそうな媚《こ》びが透《す》けて見えた。

「先日ぁご馳走《ゴチ》になりやした。どうもありがとうございました」

「なぁに、あんなモンでいいなら、いつでも言ってきな。ヒマなときだったら付き合ってやるからよ」

亀太は貫太にペコペコと頭を下げてお愛想を並べる。

二人の関わり合いは貫太が衎沢から探るよう命ぜられてからのほんの数日のはずだが、フラリと現れて気《き》っ風《ぷ》のいいところを少し見せただけで、すっかり気を赦《ゆる》してしまったようだ。もちろんその飲《の》み代《しろ》の出どころは、活動費《ついえ》として貫太に金を与えた衎沢なのだが。

しばらく他愛《たあい》のないやり取りをした後、貫太が何気ないふうを装って切り込んだ。

「で、お前さん、このごろの調子はどうだい」

「まあ、ボチボチってとこで」

「へえ、おいらの耳にゃあ、何やらガッポリ儲けようと企《たくら》んでるって噂が聞こえてきてんだけどなぁ」

「へへっ。あっし程度でできるなぁ、ほんのちょいとした小遣い稼ぎがせいぜいでさぁ」

「ホントかよ。それにしちゃあお前さん、陰でずいぶんと動き回ってるって話じゃねえか」

それまでも、黙って貫太の後ろに突っ立っている絎沢へチラチラと視線を送っていた亀太だったが、人に聞かれたくない稼ぎの話になってきたので無視したままではいられなくなった。

「ところで貫太の哥ぃ、そちらのお人は？」

「ああ、こいつぁ紹介すんのを忘れてたな――旦那、どうも申し訳ありやせんでした。こいつが、前にお話しした亀太って野郎で。

で、亀。こっちのお方は、おいらが以前からたいへんお世話んなってる旦那よ。こう見えて、おいらをはじめとして幾人も従えてるって偉《えれ》えお人だ。お前さんも目ぇ掛けてもらえりゃあ、こんな蛞蝓《なめくじ》と添い寝してるようなとこたぁすぐにおサラバできるぜ」

「へ、へえ……」

亀太は突然目の前に現れた浪人者に頭を下げたが、その間も視線をはずそうとはせずに警戒している。

まあ、自分が乾坤一擲《けんこんいってき》の大勝負に出ようとしているときに横合いから急に見も知らぬ男がしゃしゃり出てきたら、「こっちの儲けを掠《かす》め盗《と》ろうとしてるんじゃねえか」と疑って当然であろう。なにしろ亀太自身は、小心者の小悪党でしかないのだ。

裄沢は、ところどころ見下したようにも聞こえる貫太の紹介に内心苦笑しながら、「この程度の男にあんまり圧《おどしつける》を掛けるような言い方をしちまっても、ガチガチに固まらせることになるだけか」と聞き流した。こういう連中の扱いは、自分などよりよっぽど手慣れているはずと信頼して委《ゆだ》ねているのだから。

裄沢は貫太の後ろから一歩踏み出し、横に並んで亀太を見下ろした。

「へえ、お前さんが太亀って野郎かい」

陰口で囁《ささや》かれる蔑称《べっしょう》を、面と向かってズケズケと言ってやる。顔を俯《うつむ》けずに視線だけで見下げてきた裄沢に、亀太はそれだけで畏れ入ったようだ。

「へ、へい。亀太と申しやす。貫太の哥ぃにお世話になってるケチな三下奴《さんした》で」

裄沢の不遜《ふそん》な言いようへ、亀太はわずかも怒気《どき》を表さなかった。肚《はら》に収めたというより、縮《ちぢ》み上《あ》がって怒り出す余裕もないのであろう。

こんな有り様でよく吟味方に逆らえたものだと半ば呆《なか》れ、半ばは感心したのだが、そんなことはおくびにも出さずに言葉を続けた。

「お前さん、この貫太によりゃあ結構な儲《もう》け口《ぐち》を摑んだそうだな。目出度《めでて》えこった」

ズバリと言われ、ますます警戒心を深めたらしい。裄沢は、それに気づいていながら全く関心がない口調でその先を告げる。

「ああ、おいらぁお前さんの仕事に一枚嚙もうなんて気はねえよ――一《いち》か八《ばち》かの賭《か》けに出るほど、こちとらぁ切羽詰《せっぱつ》まっちゃいねえからな」

「へえ……」

「上手くいくといいなぁ」

「……へ、へい」

にっこり笑ってやった。亀太はすっかり気圧《けお》されているようだ。

裄沢は、関心を失ったようにフイと横を向く。

「邪魔したな。貫太《こいつ》がいっぺん顔ぉ見てやってくれっつうから、ちょいと寄らしてもらっただけだ」

「そうでしたかい……」

裄沢は貫太へ「行くぜ」と声を掛け、二人して立ち去り際に亀太を振り返る。

仕舞っていた右手を袖口から出して、何かをひょいと放った。

亀太は手にしたままだった団扇をその場に落として、放られた物を両手で受け止める。手を開いて見てみれば、それは一分金《いちぶきん》（一両の四分の一の貨幣）だった。

「今の企みにゃあ、いくらあっても足らねえだろ。まぁ軍資金の足しにでもしな」

言い捨てて、後は亀太のほうなど見もせず去っていく。その背に従う貫太が、

「じゃあな、頑張れよ」と振り返って声を掛けた。

「あ、ありがとうごぜえやしたっ！」

去っていく裄沢の背後から、亀太の声が聞こえた。おそらくは、立ち上がってこちらを見ているのであろう。

亀太の為人は見た。あれは、謀《はかりごと》は巡らせられても、臨機応変な立ち回りまで

はできそうにない程度の男だろう。

――さて、これからどう出るか。

今後の亀太の動きを予想しながら、裄沢は足を帰途《きと》へ向けた。

七

翌日の裄沢は、吉原へ行く前に己の勤め先である北町奉行所へ立ち寄った。

通常の出仕の刻限より遅いことから、本日市中巡回する廻り方が全て出払った後の同心詰所には顔を出さずに、真っ直ぐ奉行所本体の建物に入る。こんな遅出で用を足した後でも、午《ひる》九つ（正午）から客を入れ始める吉原の昼見世《ひるみせ》（昼営業。これに対し夕刻休憩後の夜間営業を「夜見世《よるみせ》」と言う）には十分間に合うのだ。

奉行所玄関脇の式台から中へ入った裄沢は、すぐに左手へ折れた。そして左側にある最初の部屋の前で足を止めた。ここは、町奉行所が記録しておくべきほとんどの公式文書を管理保管するお役のための、例繰方《れいくりかた》詰所だ。

「御免」

声に応じて出てきたのは、顔見知りである例繰方同心のうちの一人だった。今のお役である隠密廻りに就任する前の裄沢は、奉行の仕事の下調べなどを主な仕事とする用部屋手附同心に任じられていたため、先例を探す際などに例繰方詰所へはよく足を運んでいた。

「これは裄沢さん。また調べ物ですか」

応対に出た例繰方同心は、嫌な顔ひとつせず問い掛けてきた。廻り方の探索となれば町家へ出て足で拾うような仕事が当たり前のはずなのだが、なぜか裄沢の場合は例繰方その他の内役の仕事場に赴いて、記録を調べてもらったりすることも多いのだ。

「たびたびお手間を掛けます。実は、確か有徳院《ゆうとくいん》（八代将軍吉宗《よしむね》の法名《ほうみょう》）様のころに先例のあったお裁きについて、正確なところを教えていただこうと存じまして」

「ほう、けっこう昔のことにございますな」

「ええ。以前何かで読んだときのことをだいたいは憶えているつもりなのですが、間違いがあってはと思いましたので」

「思い込みで仕事を進めてはたいへんなことになりますからな。では、何をお探ししましょうか」

裄沢は、求めるものを相手に告げた。


北町奉行所での用を終えて吉原へ赴いた裄沢は、そこから夕刻まで面番所での立ち番を真面目《まじめ》に務めた。

昼見世が終わり夜見世が始まるまでの、いくぶんか弛緩《しかん》した人々の様子を面番所の前で眺《なが》めていると、大門を潜って入ってきた男が自分のほうへ近づいてくるのに気づいた。前日、本所までの道案内を勤めてくれた、貫太であった。

「裄沢様。お勤めご苦労様にございやす」

「そなたもな――こんなところまで来てくれたところからすると、もう向こうが動いたか」

「へい。午過ぎに、父子《おやこ》揃って出向いてきたようで」

「思っていたよりずいぶんと早かったな」

「あるいは、昨日の亀太んところへ不意に押し掛けたのが効いたのかもしれやせん」

「後からしゃしゃり出てきた手合いに横から儲け話を搔《か》っ攫《さら》われる前に、急いで動いてしまおうということか」

「かもしれねえってのは、ただのあっしの当てずっぽうですけど」

それでも十分あり得そうなことだ。

裄沢は振り向いて面番所の建物の中へわずかに踏み込むと、近所の御用聞きが手伝いに寄越《よこ》した子分らに告げた。

「午に来たばかりで少し早いが、御番所のほうで用ができた。後は任せるから、何かあったらそっちまで知らせてくれ」

午から客を入れる吉原の妓楼《ぎろう》が一日の商売を終えるのは、表向きは夜中の四つ（午後十時ごろ）だが、実際には深夜九つ（午前零時）直前まで客を入れていた。以後に新たな客はとらなくとも、泊まり込んだ客は夜が明ければ帰っていく。

たった二人しかいない隠密廻りがその間ずっと面番所に張り付いているわけにはいかない。なにしろ隠密廻りには他に、奉行から命が発せられればどこにでも行って探索に従事するという、より重要度の高い仕事があるのだから。

面番所へ手伝いに来る下っ引きたちにしても、町方の旦那がいないところで仕事に就くことには十分慣れていた。承諾《しょうだく》の返事で送り出された裄沢は、その足で貫太とともに北町奉行所を目指した。

北町奉行所の表門を入ったところで貫太と別れた裄沢は、独り奉行所本体の建物の中へと入っていく。玄関脇の式台から踏み入ると、今朝と同じく左手へと廊下を進んだ。

こたびはすぐ目に入ってくる例繰方詰所の前は通り過ぎ、この件で最初に呼び出された吟味所まで進んで足を止めた。

「失礼致します。隠密廻りの裄沢ですが、甲斐原様はお手隙《てすき》でしょうか」

中にいた吟味方の同心が、訪ねてきた者を確かめて「お声掛けしてきます」と部屋を出ていった。

どうやら甲斐原は、隣り合う詮議所のいずれかで仕事をしているようだ。途中で声を掛けることができるということは、咎人や訴人《そにん》(原告)、証人ら、お白洲へ呼び出した者たちの詮議をしているわけではないのだろう。もうお白洲も閉じる刻限であるから、最後に行った詮議について内々での検討をしている、というあたりであろうか。

出ていく吟味方同心に礼を述べてそのまま待っていると、ほどなく甲斐原が現れた。

「おう、裄沢さん。手間ぁ掛けて申し訳ねえな」

自分の頼みごとについて裄沢から何の報告もないまま事態が進展しているにもかかわらず、甲斐原は厳《きび》しい言葉一つ発してくるでもなく慰労《いろう》を口にした。

「例の栄喜堂の一件で、また動きがあったと伺いましたが」

裄沢の問い掛けに、甲斐原から笑みが消える。

「ああ、お滝の養子の庄吉郎が、実父の文次と一緒に正式な訴えを届け出てきやがった。付き合わされた町名主は、ずいぶんと辟易《へきえき》してたみてえだけどな」

「訴える者が変わったとはいえ、これまで二度も退けられた公事《くじ》（民事訴訟や行政訴訟のこと）をまた持ち出してきただけでなく、正式に御番所へ訴え出たということは、それなりに証となる物を出してきたということでしょうか」

「まあ、こたびゃあ、前の二回の貸し地の代金不払いじゃあなくって、家の由緒をお上にきちんと認めてほしいって言い方に変えてきてるけどな。けど、その結果として求めるとかぁ一緒だな。眼目《がんもく》は、栄喜堂から金を引き出すってぇまんまだろうよ。

で、お前さんの言うとおり、庄吉郎たちは家の由緒を示す証ってヤツを、確かに出してきやがった」

「それはどのような物か、お訊きしてもよろしいでしょうか」

「ああ。ちょいと慎重に扱わなきゃならねえ代物《しろもん》だけど、おいらの願いを受けて調べに当たってくれてるお前さんに隠しとくことじゃねえからな――オイ、ちょっくら隣ぃ行って、持ってきてくんねえ」

別な用事があったのか、甲斐原に続いて入室していた同心が、声を掛けられて席をはずした。

「お手数をお掛けします」と頭を下げた裄沢に、甲斐原は「なぁに。蔵に仕舞い込む前《めえ》で、却《かえ》って面倒が掛からずに済んだよ」とあっけらかんと応じる。

待つまでもなく、甲斐原から頼まれた同心が、大きい箱らしき包みを抱えて戻ってきた。重そうには見えないが、ずいぶんと慎重な手つきで運んできた様子だ。

その同心を「ご苦労さん」と労《ねぎら》った甲斐原は、自分の目の前に置かれた包みへ無造作に手を掛けた。

結び目が解《ほど》かれ広げられた大風呂敷の中には、乱《みだ》れ箱《ばこ》のような形の蓋《ふた》のない白《しら》木《き》の箱に、いくつかの品が収められていた。

「これは……」

箱の中に一つ、目を惹《ひ》く物があった。葵《あおい》の御紋《ごもん》がついた、黒塗りの漆箱《うるしばこ》である。

「まぁ、そいつが最初に目につくよな。中身ゃあ、東照大権現《とうしょうだいごんげん》（初代将軍家康）様御真蹟《ごしんせき》（本物の筆跡）と伝わる遺墨《いぼく》（故人の直筆文）だそうな。他にも有徳院様御拝領《ごはいりょう》の羚羊角《れいようかく》（カモシカのツノ）とか、木村長門守真筆《しんぴつ》の書状だとか、まぁいろいろ取り揃えてるようだけど、一番ヤベぇのがやっぱり東照大権現様の御真蹟だな。

十中八九《じゅっちゅうはっく》、つうか百のうち九十九までは紛《まが》い物《もん》だろうけど、万が一本物なんてことになっちまったら、この先どうなってくのか見当もつかねえからな」

顔を歪《ゆが》めて吐き捨てた甲斐原に対し、裄沢は落ち着いた態度で応ずる。

「やはり、このような物を出してきましたか」

「……お前さん、こうなることを予期してたと？」

そこで裄沢は、昨年の一時期亀太が足繁く通っていた指物師と、その指物師の住まいの近くにいたらしい贋作師について、貫太から聞いた話を披露《ひろう》した。

「そうか――するってえと、証拠品の真贋《しんがん》は確《こ》かめ《い》ねえ《っ》わけにはいかねえにしろ、手間ぁ掛かってもその失《う》せた指物師って野郎を探すほうが早道《はやみち》（手っ取り早いこと）か……」

黙考し始めた甲斐原に、裄沢は淡々と告げる。

「その要はおそらくありますまい」

「？　他に、手立てがあると？」

じっと見つめてくる甲斐原に、裄沢は己の考えを披露した。

八

北町奉行所へ正式な訴えを起こした庄吉郎と文次は、その五日後に当の北町奉行所から呼び出しを受けた。

二人は町名主に伴われ、早朝から町奉行所に出頭する。そしてだいぶ待たされた後、ようやく自分らの順番が回ってきて詮議所前のお白洲へ足を運んだ。

詮議が一番奥で広いお白洲のある裁許所前ではなく、自分らが待機させられた公事人溜《くじにんだま》りによりお白洲がやや狭められた詮議所前に座らされたということは、本日はお奉行様のご登場はないということだ。案《あん》の定《じょう》、甲斐原とかいう吟味方与力がこの場を取り仕切ると宣言された。

自分たちの身分からすれば当然のことでも、証として提出した物からすると不当な扱いのような気がして少々不満ではあった。が、お白洲はそんな庄吉郎らの心持ちとはいっさい関わりなく進められる。

呼び出された者やその身元を保証する町名主がこの場に間違いなく臨席しているかがまず確かめられ、甲斐原が口を開いた。

「それでは、こたびの一件について裁き（判決）を申し渡す」

「！」

庄吉郎と文次はお白洲が開かれた直後のこの言葉に驚き、思わず顔を上げた。

宣言の後、睥睨《へいげい》していた甲斐原と二人の目が合う。

「お白洲の場である。謹《つつし》んで申し渡しを聞くがよい」

「お、お待ちください」

思わず、文次が声を上げる。すると、白洲の端に控えた蹲《つくば》い同心《どうしん》と呼ばれる町方から叱咤《しった》が飛ぶ。

「控えよ！　そなたらに発言を許してはおらぬぞ」

「で、ですが……」

「構わぬ。申したきことあらば、聞いてつかわす。疾《と》く述べよ」

「はい、ありがとう存じます――今、御当番の与力様はお裁きを申し渡すとおっしゃいましたが、我らが証をもって本式に訴えを起こしてから、本日が初めてのお白洲にございます。

いくら何でも、こちらから差し出した証について全く吟味もしていただけないままお裁きが下されるとは、いったいどういうことにございましょうか」

「それはお裁きを下す中で教えてやる。まずは黙って聞け」

お白洲を司《つかさど》る与力からそう言われてしまえば、不満があっても承服《しようふく》せざるを得ない。庄吉郎と文次は不承《ふしよう》不承《ぶしよう》、口を閉ざして頭を下げた。

甲斐原は仕切り直しで声を張り上げる。

「それでは申し渡す――本所松倉町在住・滝が養子庄吉郎、並びにその実父文次。そなたらの訴えを棄却《ききやく》し、訴えの証として差し出したる品は全て没収、当奉行所にて焼却処分とする」

「えっ、そんな」

「まだ申し渡しの途中である。これよりその理由を述べるゆえ、謹んで拝聴《はいちよう》するがよい」

庄吉郎らはありありと不満を顔に表していたが、さすがに即座の抗弁《こうべん》はせず、まずは甲斐原の言うところを聞く姿勢になった。

「庄吉郎、文次、そしてここに居らぬが滝。そなたら下々の者が神君《しんくん》東照大権現様の御遺物《ごいぶつ》と称する物品を手許に置き続けたるは、甚《はなは》だ畏れ多きこと。ましてやそれをみだりに持ち運び、公事を己《おの》が有利に進めるための材として扱わんとするなど言語道断《ごんごどうだん》。厳しく罰せられてしかるべき振る舞いぞ」

「そんな、ご無体《むたい》な」

「お上はこれまでも、素性の判然とせぬかような品々が下々に残るを看過《かんか》できぬとし、持ち主が自ら届けて供出《きようしゆつ》するよう、たびたび通達を発しておる。たとえば有徳院様のときにも、大々的にこれがなされたことがあった。にもかかわらず隠し立てを為《な》し、今ごろになって自らの利得のために持ち出したとなれば、きつい叱りあって然《しか》るべきであろう」

庄吉郎らによって正式な訴えが起こされそうだと確信した裄沢が、例繰方へ立ち寄り自身の記憶を確認したのは、このことについてであった。

実際に、そうした品を取り上げて火中に投じた上、灰は海に遺棄《いき》したとの記述が、八代将軍吉宗の抜擢《ばつてき》を受けての登用で名奉行と謳《うた》われた、大岡越前守忠相《おおおかえちぜんのかみただすけ》の日記に残されているという。当然、町奉行所にも同じ記録が存在したはずである。

「お、お待ちください。それでは我らのような者に、身の証を立てる術《すべ》はないと？」

「さよう申すならこちらから尋ねるが、そなたらが証として差し出してきた品は、間違いなくお滝が以前より所持していたものか。まさか、実際の素性も定かならぬ亀太あたりから、そなたらが言いくるめられて持たされた品などではなかろうな。

　もし他人から預かり、よく確かめもせぬまま証の品だなどと称して臆面《おくめん》もなく出してきた物が真っ赤な贋物《にせもの》であると判明したならば、物が物だけに『知りませんでした』などといった言い訳は通用せず、その方らもかなり重き罪に問われることになるが、その方ら、それは重々承知の上での抗弁よな」

「そ、それは……」

「どうやら亀太なる者は、昨年の公事が上手くいかぬと見越したあたりから、陰で贋作造《がんさくづく》りを営むと目《もく》される指物師のところに頻繁に出入りしていた様子が見られたようだが――庄吉郎。そなたらが紛《まご》うことなく確かな品だと言い張るならば、そちらのほうもしっかり調べることになろう。

そしてもし、そなたらが出してきた証の疑いが晴れ、そなたらの望みどおりに家の由緒を当御番所が認めたとしても、それで証されるのはお滝が木村長門守の末裔《まつえい》であるということのみ。栄喜堂の地所をかつて所持していたかどうかは全く別の話になる。そなたらが家の由緒を言い立てて同地の所有や貸し地の代金を求めたとて、土地の所有に関する確かな証が他になくば、お上がお取り上げになるようなことは決してない。

逆に確かな証もなくこれまでと同じような要求を栄喜堂にするなれば、当御番所は強請《ゆす》り集《たか》りの所業《しょぎょう》と見なすことになろうぞ。一昨年、昨年に引き続きお上を煩わせてのこの振る舞いとなれば、罪は相当に重いものとなることを覚悟せねばならぬだろうな」

「まさか、そんな……」

「取り下げます。訴えは、取り下げさせていただきますっ！」

庄吉郎が茫然《ぼうぜん》とする隣で、実の倅を焚き付けてここまでことを荒立ててきた文次のほうが、慌《あわ》てて白旗を挙げた。

「庄吉郎のほうも、文次と同じ考えということでよいか」

甲斐原に問われた庄吉郎は、自分の隣で這《は》い蹲《つくば》る実父の文次へ不信の目を向けながらも「はい」とはっきり答えた。隣の文次は、手をついて頭を下げたまま、身じろぎもできぬ様子になっている。

甲斐原は、庄吉郎の返答を聞いてわずかに肩の力を抜いた。

「さようか――お滝は、父と夫を亡くしてより身に患《わずら》いを発し住まいを転々としたと、以前のお白洲で申しておった。なれば、受け継いだ遺品をろくに確かめることもできぬまま、今に至ったとも考えられる。また同人はすでにかなりの高齢に達しており、老耄《ろうもう》のためにお上のお達しを忘却してしまっておったとしても、一概《いちがい》に責めるわけにはいかぬ。

こたび訴えを起こした庄吉郎は、お滝の血縁ではなく全くの他家からの養子なれば、東照大権現様の御遺物に関わるお達しを知らなかったことに同情の余地はある。その実父の文次についても同断。有徳院様ご生前のころには、庄吉郎どころか文次もまだ生まれる前であったろうからな。

以上により、本来なればきついお咎めあるべきところなれど、情状《じょうじょう》を酌み取《く》《と》るべき余地あるをもって、この場で叱り置くだけに留める。お上のお慈悲《じひ》をしっかりと受け止め、以後は身を慎《つつし》み分《ぶん》をわきまえた暮らしを心掛けよ」

「……ありがとうございまする」

庄吉郎と文次は改めて平伏する。

「これにてこたびの一件は、落着《らくちゃく》（結審）とする」

甲斐原の宣言により、断続しながら三年もの長期に亘《わた》った公事は、ようやく完全に決着がついたのだった。

「一同の者、立ちませいっ！」

蹲い同心が張り上げる声に従い、町名主が立ち上がって庄吉郎らを促す。庄吉郎と文次の二人は、ようやく面倒ごとから解放されるとホッとした顔の町名主に伴われ、悄然《しょうぜん》とした姿でお白洲から退場していった。

九

建物の脇に立った亀太は己の覚えている苛《いら》つきを隠そうともせず、剣呑《けんのん》な表情で周囲を見回していた。目の前の道を行き交う人々は、ただでさえ近づきたくない遊び人ふうの男の不機嫌そうな様子に、大きく間を空けて通り過ぎる。

亀太が立つ片町《かたまち》（通りの片側にだけ人家が広がる町）の向こう側には、道に平行して大横川が流れていた。そこへ北割下水が水を落としている音も、はっきりと聞こえてくる。

今亀太がいるのは、この二つの堀川が合流する角地なのだ。その背後の建物は、亀太の住まう中ノ郷横川町の自身番《じしんばん》であった。

「いつまで待たせやがる」

亀太は苛つきをぶつける相手もいないまま吐き捨てた。

当人が望んでこんなところにいるわけではない。番屋の定番《じょうばん》（自身番の雇われ人）が使いとして亀太が住まう長屋までやってきて呼び出されたから、しょうことなしに足を運んできただけだ。

ちなみに、こうして町方役人からにせよ御用聞きからにせよ番屋へ呼び出された場合、罪を犯しているという自覚がある悪党を含めて、ほとんどの者が指図に従って素直に出向いたと言われている。

そうしなければ司法側《おかみ》の心証を悪くしてますます自分が不利になるし、何もかも捨てて逃げる覚悟がなければこれから遭遇《そうぐう》する事態と向き合うことは避けられないと、皆が十分認識していたということであろう。

この時代の逃亡者は現代とは違って、ひとたび町人の枠をはずれて（当時の住民基本台帳的な「人別帳《にんべつちょう》」からはずされて）無宿人《むしゅくにん》となってしまえば、その後はずっと人権を無視された《まともに人として扱われない》生き方となることを覚悟する必要があったのだ。

亀太が一刻（約二時間）近くも番屋の表で突っ立っていると、ようやく近づいてくる者がいた。

まず目についたのが、行き交う人々より頭一つ突き出た大男の町方装束《まちかたしょうぞく》。それと大男の陰に隠れて目立たないが、飼い主にじゃれつく仔犬《こいぬ》のように町方に纏《まと》わりついている尻からげの男だった。

向こうさん二人がどうかはともかく、亀太のほうはいずれも見知っている。この本所深川を持ち場とする定町廻りの来合の旦那と、ここいらを縄張りとする岡っ引きの新太郎《しんたろう》だ。

嫌な予感がしたが、町方役人と岡っ引きの二人掛かりで呼び出されなきゃならないような憶えはない。それに、今さら逃げ隠れしたところでどうなるわけもなかった。

——大丈夫。ありゃあ、ただ町の見回りでここの自身番に立ち寄ろうとしてるだけだ。

己にそう言い聞かせ、不安を顔に出さないよう心掛けながら近づいてくる町方の旦那へ小さく頭を下げた。

　と、相手が自分の目の前で立ち止まった。

　──「お前、こんなとこで何突っ立ってる」とか訊かれそうだけど、「何だか知りやせんけど、呼び出されましたんで」とでも答えときゃあ、済んじまうだろ。

　落ち着け、と再度自分を叱咤する。が、来合から放たれたのは全く違う言葉だった。

「お前、本所松倉町に住まうお滝の従弟の亀太で、間違いねえな」

「へ？」

　亀太が驚いて来合を見返していると、その来合の隣で新太郎が「へえ、この男で間違いございやせん」と代わりに返答した。

「よし、縄を打て」

「へい」

「え、ええ？　なんで……」

　何が起こっているのか判らず亀太がマゴマゴしているうちに、事態は勝手に進行していく。

あっという間に引き据えられて、新太郎が背後に回ったところで、亀太はようやく我に返った。とはいえ、廻り方の同心の指図でこんなことがなされている以上、下手に抵抗はできない。大人しく相手の為《な》すがままとなりながら、口だけで抗議をした。

「ちょ、ちょっと待っておくんなさい。いきなりこりゃあ、どういうこって」

「どうもこうもあるか。旦那のお指図だ。そのまま神妙にしてな」

「だってあっしゃあ、こんな目に遭わされるような憶えは一つもありやせんぜ」

「ほう、そうか？」

大男の町方は、感情のない目で見下ろしてくる。

新太郎が亀太を後ろ手に縛りながら、顔を耳元へ寄せて小声で言ってきた。

「庄吉郎と文次の親子は北町奉行所《きたのごばんしょ》でお叱りを受けたんで、大慌てで訴えを引っ込めてスゴスゴ帰ってったそうだぜ」

「！」

「東照大権現様の御直筆とかご大層なことぉ並べた畏れ多い品を、太々《ふてぶて》しくも大手《おお》を広げてご披露するようなマネすりゃあ、そりゃあ大目玉喰らうわな。証として差し出《で》された品々は、みんな没収されて御取り上げの上《おとりあげのうえ》燃やされちまうんだとよ」

「そんな……」

「どっから見繕《みつくろ》ってきた模造品《バッタもん》だか知らねえが、それを召し上げただけで家に帰ることぉ許されたってんだから、北のお奉行様もずいぶんとお情け深《なさぶけ》えよなぁ——さて、そこでお前《めえ》だ」

知らされた事実に衝撃を受けていた亀太は、矛先《ほこさき》が自分に向いたことで改めて焦《あせ》りを覚える。

「い、いや、こたび訴えたなぁ、養子の庄吉郎とそのお父《と》っつぁんの文次だ。あっしゃあ、これっぽっちも関わっちゃおりやせんぜ」

「ほう、そうかい？　あの二人、東照大権現様の御直筆とか、葵の御紋入りの容《い》れ物《もん》とかを、どうやって用意したんだろうねぇ」

「そんなこと……養子に入った先に先祖代々伝わってたとか、そういうこっちゃねえんでしょうか。いずれにせよ関わってもいねえあっしが、知るワケがねえでしょう」

「ふーん。それなら、お滝が最初に訴え出たときか、去年のお前さんの訴えのときに出てきてたって、おかしかねえように思えるんだが——まあ、そいつぁいいや。

ところで話ゃあ変わるが、お前さん、ずいぶんと物騒なとこからも少なくねえ金を借りてるようだねえ。返す目途《めど》はちゃんと立ってんのかい？　もし立ってねえとなると……こいつぁ大変《てえへん》だなぁ」

新太郎は芝居っ気たっぷりに目を剝《む》いて見せた。

新太郎が示唆《しさ》した「この先」を想像して、亀太の顔が引《ひ》き攣《つ》る。

上木場辺りに住まうという噂の腕のいい贋作師が、実は島崎町続町の指物師ではないかと亀太が気づいたのは、ほんのちょっとした偶然からであった。そのころの亀太は、お上に訴え出た公事がどうにも上手くいかず膠着《こうちゃく》状態になってしまったことから、事態を打開できるような一手を咽《のど》から手が出るほど欲していたところだった。

こたびの公事が自分の思うように進まない一番の理由は、栄喜堂の建つ土地がお滝の受け継ぐべきところであるというきちんとした証のないことにある。それをどうにかしないと己が望むような決着にならないと、ようやく亀太も理解できつつあった。

――こたびゃあ、いったん諦めねえとダメかねえ。

そんな弱気が頭を擡《もた》げ始めたところだったのだ。

そこに、上木場の贋作師の正体を偶然知る機会を得た。

亀太は何の手蔓《てづる》もないままに、「こいつのはず」と当たりをつけた指物師のところへしつこく顔を出すようになった。これまで一世一代の勝負のつもりで取り組んできた公事に勝てる見込みが立たず、どうしようもなくなっていながら意地だけでしがみついていた亀太にとっては、偶然見つけた新たな望みに執着するよりほかに、気持ちの持っていきようがなかったのである。

最初は洟《はな》も引っ掛けない様子であった指物師だったが、どれだけ冷たくあしらっても諦めない亀太に、ついには根負《こんま》けした。半ばは諦めさせるつもりで、高額な依頼料を全額前金で支払うという条件をつけて、引き受けると返事をしてきた。

証とする品を東照大権現の御真蹟などとしたのは、思いどおりに動かない北町奉行所のせいで上手くいかなかった意趣返《いしゅがえ》しも含めて、「どうせやるなら御番所《むこうさん》が震え上がるぐらいの物を出してやろう」とのつもりだったのかもしれないし、あるいは単に、そうした品のほうが作りやすいというだけだったかもしれない。

ほとんどは贋物であろうが、「家康公御真筆」と称される文の類《たぐい》が（贋作師なら何度か目にしたことがある程度には）巷《ちまた》に溢《あふ》れているのである。ともかく亀太でも、当該の土地に関する当初の貸借証文《たいしゃくしょうもん》などをでっちあげて差し出した後で、栄喜堂に「江戸店初代の書いた物《筆跡》が残っていた」などと言い出されようものなら目も当てられないことになる、と思い至るぐらいには知恵は回ったようだ。

そうして亀太が金集めに奔走《ほんそう》することになったのは、やはりどうしても栄喜堂の一件を諦めることができなかったからだ。しがない裏長屋暮らしの自分にとって、日本橋すぐそばの表通りに見世を構える商家を金蔓にする機会など、二度と舞い込んでくるはずがないのだから。

この機を逃がせば、亀太が濡れ手で粟《あわ》の大金——しかもこれまで自分の才覚で稼いだのとは算盤《そろばん》の桁《けた》が一つどころか確実に二つは違う額——を手にすることは、ただの夢幻《ゆめまぼろし》に終わってしまうのだ。たとえ石に齧《かじ》りついてでもしがみつき続けるつもりだった。

かなり危険な手だと知りながら、筋のよくないところからまで金を借りたのは、これが亀太にとって一世一代の大勝負だったからである。

諦めさせようと亀太に無理な提案《ふっかけた》をしたつもりだった指物師——贋作の名人は、自分の前に己が求めただけの金を積まれて内心驚いた。が、やることはこれまで己が他人に望まれてやってきたのと何ら変わらない手職《しごと》だ。ごく当たり前の表情をして、目の前に出された金を受け取った。

そして頼まれた仕事をなし終えて出来上がった品を亀太に渡すや、いずこともしれぬ先へ、誰に何を告げることもなく去っていったのだった。今の住まいはすでに噂になっているし、亀太などというどこの馬の骨とも知れぬような者にまで嗅ぎつけられたからには、そのまま住み続けるような危ういまねはできなかったのである。

亀太は、己の望んだ物が手に入って欣喜雀躍《きんきじゃくやく》した。それを作った贋作師はその後どこかへ失せてしまったようだが、そんなことはどうでもよかった。

――これでおいらの望みが叶う。

もうその期待で、些末なことなど気にもならぬほどに舞い上がっていたのだ。

この先打つべき手については、すでに考えがあった。

――こたびの訴えについちゃあ、もうダメだ。他に打つ手がねえならともかく、こうやって願ってもねえ手蔓ができたからにゃあ、いったん退《ひ》いて新規蒔《ま》き直しで取り掛かるほうが、ずっと上策ってモンだろう。なにしろおいらぁ、吟味方の旦那方にゃあ、ずいぶんと嫌われちまったようだからな。

そのための人材についても、もう目星はつけてある。それが、自分と同じように上手い儲け話を探しながら、実現のために汗水垂らして動き回るほど気力の続かない文次という男だった。

文次自身は箸《はし》にも棒にもかからない、どうしようもないろくでなしだが、その倅の庄吉郎って男については、使いようによっちゃあモノになると見込んでいた。亀太は文次を言いくるめて仲間に引きずり込むと、持ち前の口の巧《うま》さと強引さで庄吉郎をお滝の養子に据えてしまった。

身寄りがない上に年老いて、すでに迷惑を掛けすぎて頼れる知人もなくなっていたお滝に、養子入りを承知させるのはしごく簡単なことだった。

一方、養子となった庄吉郎は、相応《ふさわ》しい役割を与えてやれば上手くこなせるそつのなさがあるが、なぜか父親には頭が上がらず、その言いなりになってこれまでずっと苦労してきた男だった。あるいは庄吉郎がこたびの企《くわだ》てに乗ったのは、こたび父親の望みを叶えてやったなら、養子に出た己はようやく実の父と縁が切れると思ったからかもしれない。まあそっちのほうは、亀太にすればどうでもよいことであったのだが。

そうして、自分は陰に隠れつつ文次と庄吉郎を表に出して、都合三度目になる公事に臨《のぞ》んだのだった。

――こたびゃあ、今まで出せなかった証となる物をしっかり用意した。ものが東照神君様の御直筆を入れた葵の御紋付きの箱となりゃあ、おいそれと贋物扱いすることなんぞできやしめえ。そんで万が一贋物だってバレても、「先祖からそう伝わってる」って話をしてるんだから、こちとらが嘘をついたとか偽《いつわ》ったなんぞと言い掛かりをつけることもできやしねえ。さあ、後は出たとこ勝負だ。

そう己に活《かつ》を入れたが、勝算は十二分にあると踏んでいた。

しかし、苦労して用意した品々は、まともに真贋を確かめることすらされぬまに召し上げられてしまったという。こんな無体なことをされては、さすがにもうどうしようもない。「お上の決まりでそうなった」と言われてしまうと、町人の端くれでしかない己では、抗弁一つできはしないのだ。

――「ずいぶんと物騒なとこからも少なくねえ金を借りてるようだけど、返す目途がちゃんと立ってねえとなると、……こいつぁ大変《てえへん》だ」

縄を掛けながら楽しそうに口にした新太郎の言葉が、ズシンと重く伸《の》し掛かってきた。

――こたびおいらぁ、表に出ちゃいねえ。だからお縄んなっても、お叱りを受けることぐれえはあるかもしれねえけど、結局《けつきよか》ぁ放免（釈放）になりそうだ。

確かに、それを見越して立てた策ではあったんだけど……。

牢から出された後の己の成り行きがどうなるかに思いが及び、ゾッと身を震わせる。

力も抜けて完全に無抵抗な亀太を引きずり上げた新太郎は、立ち上がった相手の耳元にまた口を寄せた。

「もうこんな時期になると水ン中も涼しくていいかもしれねえがよ、割下水のあの汚《きたね》え水をたっぷり聞《き》こし召《め》すなぁ、おいらだったらゴメン蒙《こうむ》るとこだけどねえ」

己の耳に響くカタカタという音で、亀太は自分が歯の根も合わぬほど震えていることにようやく気づいた。

新太郎による耳元への囁きは続く。

「こいでナンノカンノ言い繕《つくろ》って、もし大牢から放り出されるようなことんなったら、連中、大嬉《おおよろこ》びでお前さんを引き取ってくだろうねえ——いっさい隠し立てなんぞしねえで、洗《あら》い凌《ざら》いブチ撒《ま》けたほうが、お前さんの身のためなんじゃねえのかな。余計なお世話だろうけど、おいらにゃあ、どうしてもそんなふうに思えちまうんだけどよ」

「引っ立てろ」

新太郎による説得が終わるのを待っていたかのように、来合が声を上げた。

番屋の前で縄を打たれて伴われるということは、行く先は川向こう、町奉行所《ごばんしょ》の近くにある大番屋《おおばんや》だろう。そこで容疑が固まれば、入牢証文が請求されて身柄は小伝馬町の牢屋敷へ移されるのだ。

もはや亀太には抗《あらが》うための言葉一つ発する気力もなく、されるがままに引きずっていかれるのだった。

その後、亀太は大番屋から牢屋敷へ移され、お裁きの結果、遠島《えんとう》が言い渡された。八丈島《はちじょうじま》に流された亀太が運よく江戸へ舞い戻ってこられたのは、それから二十五年後のことになる。

老齢の上、長年の島暮らしで足腰も碌《ろく》に立たぬほど衰えた亀太は、「島から戻されたとて生きていきようもない」と、お上に対し救恤《きゅうじゅつ》（困窮者救済）を願い出た。これに応じて名乗りを上げたのが、亀太にはずいぶんと煩わされたはずの栄喜堂であった。

栄喜堂は、亀太に恩を売ることで今後いっさいの因縁《いんねん》を断ち切ることを図ったのであろう。栄喜堂から亀太には、北町奉行所を通じて十二両の金が渡されたという。

当時の一両を現代の金銭価値に直すといくらぐらいになるかを、正確に表現するのはなかなかに難しい。たとえば当時価値の高かった米が何俵分かを現代の米価に当て嵌《は》めた場合と、低く抑えられていた人件費で当て嵌めた場合では、一両の価値に数倍の差が生じてしまう。なによりたった一項目の価値の比較をもって生活水準が大きく異なる二つの時代の金銭感覚を一致させようというのは、かなり乱暴な話のようにも思われる。

比較対象としてよく用いられる米を例にしてもっと判りやすく言うと、わずかな副菜《おかず》で大量の米を食した当時と現代の食生活は大きく違うし、他に代替物がほとんどなかった時代の主食としての米と、小麦食《パンや麺類》などによってほぼ完全な切り替えも可能な今の米とでは、重要度が大きく異なってしまっている。家計の支出全体に占める食費の割合や米代の比重も、電話料金《スマホ代》や生保損保の保険料などといった多種多様な支出のなかった当時より、ずいぶんと小さくなっているはずである。

すなわち、最重要の支出項目であった米を一両で買えた量が、重要度が相対的に下がった現代ならいくらで買《何万円》えるのかという較べ方をしてみても、「実生活において等価値《とうかち》」の物同士の比較ではない以上、正確な一両の価値を算出することにはならないと考えられるのだ（いうなれば、「一両で買えた純金と同じ重さの純銀が、今の貨幣価値でいくらになるか」と検討しているようなものであろう）。

それでも無理矢理どうにかするなら、「代表的な一項目の価格だけで単純比較」するのとは、別な基準を設けたほうがいいのかもしれない。

たとえば、両者の生活実感の合致点に照準を合わせて表現するなら、ときおり目にする「一両あれば庶民の一家が十分にひと月暮らすことができた」という先人の記述から、「標準的な一般家庭ひと世帯の手取り収入一カ月分より、何万円か多いくらい」という解釈も可能ではなかろうか。

島暮らし二年につき一両にも満たない金が、自身の努力に見合ったものであったか、江戸に戻り着いた亀太の感懐《かんかい》を聞かされたという者は、どこにも見当たらない。

第二話　南北相克《そうこく》

一

この日非番であった裄沢は、永代橋から川向こう（大川東岸）へ渡ると北へ上り、本所の北の端に位置する中《なか》ノ郷瓦町《ごうかわらまち》まで至った。

目指したのは植木屋を営む備前屋《びぜんや》。大名家にも出入りするこの見世の主《あるじ》・嘉平《かへい》は、裄沢の幼馴染みである来合の妻・美也《みや》の、親代わりとも称すべき人物だ。

この嘉平から裄沢に「内祝いと御礼」として結構な贈り物が届けられたことから、本日はその返礼に向かうところなのだ。

嘉平のいう「内祝い」は、美也の懐妊《おめでた》についてである。当人も周囲も気づかなかったこの慶事を、夫である轟次郎からわずかな話を聞いただけで裄沢がそうと察したことから、大事に至る前に妊婦《美也》への必要な配慮ができるようになったことへの「御礼」であった。

　美也の懐妊《かいにん》が医者によって診立《みた》てられたのは先月の半ば過ぎ。にもかかわらず皐月《さつき》（陰暦五月）も中旬を迎えるところまで裄沢への謝礼が遅れたには、それなりの理由があった。

　まずは、実の娘とも思う美也の懐妊に舞い上がった嘉平が、その世話人の用意や必要になりそうな品々の手配だけに気がいってしまって、さすがに商売は疎《おろそ》かにしなかったものの、他のことにはいっさい気が回らず耳にも入らない状態になってしまったことが一つ。

　そしてそれ以前に、美也懐妊が轟次郎から廻り方の面々に知らされた直後に、とある事情によって裄沢が行方知れずになってしまったからだった。このため主が公私いずれにおいても親しい付き合いのある来合家では、裄沢が無事に生還して騒動が落ち着く見込みが立つまで、妻の懐妊を関わりある人々に知らせるどころではなくなってしまったのだ。

　いうなれば、最も早く知らせるべき者の一人である嘉平への連絡が遅れたのは半ば以上裄沢のせいであり、にもかかわらずこうやって律儀《りちぎ》に「御礼」なる物が贈《おく》られてきたことには、少々どころではなく申し訳ない気持ちが生じている。今日はそうした心持ちを抱えながらの、備前屋への来訪であった。

この日裄沢が返礼に訪れることは、下働きの重次《しげじ》を使いに出して了承を得ていたこともあり、裄沢はすんなりと嘉平が待つ奥へと通された。

まずは挨拶とともに祝いの言葉や感謝のやり取りがなされ、話は和《なご》やかに始まった。この時代にしてはだいぶ高齢での初産《ういざん》となる美也は、それでも日々を健《すこ》やかに過ごしているようで、今日の懇談《こんだん》でも双方笑顔が絶えなかった。

と、ふと嘉平の顔から笑みが消えた。

何かあるのかと、裄沢は面《おもて》には出さぬままわずかに身構えた。

「ところで、このごろ錦堂《にしきどう》さんとはお会いになっておられますかな」

雑談の流れの中で触れられるのならばともかく、様子を改めて持ち出されるにしてはずいぶんと唐突《とうとつ》な話題だった。

「いえ、いまだ折《おり》あるごとに様々な礼物《れいもつ》をいただいておりまして、礼状を出したり挨拶に伺うことはありますが、このごろの付き合いといえばそのくらいですか」

錦堂の主庄右衛門《しょうえもん》は嘉平の義弟（亡き妻の弟）で、深川は永代寺門前山本町《えいたいじもんぜんやまもとちょう》で扇屋《おうぎや》を営む商人である。裄沢は以前、嘉平に付き添われた庄右衛門から、グレた倅についての相談を受けたことがあった。

親や周囲の思いやりに最後まで気づくことのなかった庄右衛門の倅・治吉《じきち》は、まるで自滅するかのように不幸な結末を迎えたけれど、それに伴って生じた見世まで揺らぎかねない騒動は、裄沢の尽力《ちからわざ》でどうにか収められた。錦堂庄右衛門は、その感謝の念をいまだ忘れずにいてくれる人物だ。

さようにございますか、と応じた嘉平はそのまま話柄《わへい》を転じそうであったが、思い直したように話を引き戻した。

「あるいは、錦堂さんから裄沢様へお願いごとがなされるやもしれません」

「願いごと――そうですか……」

当時は商家などが面倒に巻き込まれたときに親身に相談に乗ってもらえるよう、普段から特定の町方役人と親しい付き合いをしておくような慣習があった。奉行所の内役の中でも外部との関わり合いが薄い用部屋手附という仕事からすぐに隠密廻りに転ぜられた裄沢には、こうした「出入り先」の商家などほとんどないが、目の前の備前屋と今話に出ている錦堂は数少ないそうした相手になるだろう。

本来なら備前屋には、来合轟次郎という裄沢よりも関わり合いの深い「出入りの町方」がいるのだが、豪腕で斬り込んでいくような仕事ぶりの轟次郎だと、「穏便に済ませたい」商家の内輪の話には向かないことも多い。そんな事情もあって、いったんは途切れた轟次郎と美也の縁を再び結び直した裄沢を、嘉平は頼りにしてくれている。

いずれにせよ、錦堂から相談ごとがあるのならば、きちんと聞いてやるつもりはいつでも持っていた。

が、嘉平は裄沢の考えとは違うことを言ってきた。

「手前はよしたほうがいいと申したのですが……」

「？　何か、だいぶ厄介《やっかい》なことでも？」

「それは……まあ、まずは錦堂さんがどうなされるか判りませぬし——いずれにせよ、もし何か言ってきたとしても、できぬことならばできぬと、はっきりおっしゃっていただいてよろしいかと存じますので」

「……嘉平どのと庄右衛門どのの間で、何か意見の相違があったということでしょうか」

「いえ、そう大袈裟《おおげさ》なことではないのですが」

なんだか言葉を濁《にご》されて、この話は終わってしまった。

桁沢はその後歓待を受けて夕餉《ゆうげ》の相伴《しょうばん》に与《あずか》り、陽が暮れてから備前屋を辞去した。

錦堂の庄右衛門から「会ってはいただけないか」との連絡を受けたのは、それからほどなくしてのことだった。先日の備前屋来訪は梅雨の合間の晴れの日だったが、本日は朝から曇天《どんてん》でいつ降り出してもおかしくない空模様だ。

用心のため傘を手にした桁沢が午前《ひるまえ》にやってきたのは、日本橋北は小舟町《こぶなちょう》にある料理茶屋だった。ここはかつて、備前屋に伴われた錦堂と、初めて会った場所である。

二年前に都合二、三度ほどしか来ていない客のことを憶えていたのか、桁沢の訪《おとな》いに顔を出した見世の奉公人は、「ようこそいらっしゃいました」と何を問うこともなくすんなり錦堂の待つ座敷へ案内した。

奉公人が廊下から声を掛けて開けた襖《ふすま》の向こうでは、錦堂の主庄右衛門が座をはずして畏《かしこ》まっていた。

「急なお願いにもかかわらず、ようこそお越しくださりました。真《まこと》にありがたく、御礼申し上げます」

部屋に入ってくる絎沢へ、畳《たたみ》に手をつき深く頭を下げてくる。

絎沢は空いている席へ足を進めながら、軽い口調で返した。

「こちらこそ折々にお気遣いいただき、恐縮しております。知らぬ間柄というわけではなし、硬い挨拶は抜きでどうか気安くお願いします」

そこからいくらかのやり取りがあり、仲居が運んできた酒肴《しゆこう》を前に杯《さかずき》を傾《かたむ》け合って、ようやく座が落ち着いた。

「で、本日お誘いいただいたのは、何か用があってのことでしょうか」

絎沢が水を向けると、いくぶんか解《ほぐ》れてきていた庄右衛門の表情がまた硬くなったように見えた。絎沢は目の前の膳《ぜん》へ視線を落とし、それに気づかぬふりをしながら続ける。

「まあ、伺ったとてそれがしではお役に立てるかどうかは判りませんが、少なくともお話を聞くぐらいはできますので、思うところは遠慮なく述べていただければと存じますが」

口を閉ざし顔を上げた絎沢と目を合わせ、庄右衛門は察するところがあったようだ。

「本日こうしてお呼び立てしたことについて、備前屋さんから何かお話が？」

「別件でお見世のほうへ伺う機会があったのですが、『錦堂さんから何かお話があるやも』とだけ。中身については、全く聞かされておりません」

「そうでしたか……実は、こたびの件について裄沢様にお話を聞いていただいてよいか、事前に備前屋さんにはご相談申し上げたところ、備前屋さんからはよしたほうがよいと言われておりまして」

庄右衛門の告白に、裄沢は表情を変えることなく「なるほど」とのみ返した。それで庄右衛門が黙ったままなのを見て続ける。

「で、そのお話とはどのような？」

「お聞きいただけましょうや」

「備前屋どのの言葉があってもそれがしを呼んだということは、錦堂どのとしてはそれだけの大事ということにございましょう。ならば、聞かずに済ますような振る舞いをするつもりはありません」

裄沢の返答を聞いた庄右衛門は、手の杯を置くと膳の前から座をはずしてまた深々と頭を下げた。

「以前のご相談で裄沢様にはたいへんなご迷惑とご負担をお掛けしましたのに、お心遣い溢《あふ》れるお言葉、真にありがたく。このとおり、伏して御礼申し上げます。

本来なれば、このような分《ぶん》をわきまえぬご相談を差し上げるべきでないことは重々承知しておりますが、他に頼れる当てもなく、つい裄沢様の情けにお縋《すが》りしている次第にございます」

懸命に詫《わ》び言《ごと》を口にする庄右衛門へ、裄沢は柔らかく言葉を掛けた。

「錦堂どの、どうぞ顔をお上げくだされ。それがしは町方役人。しかも往時も今このときも、廻り方を拝命している身にござる。なれば、市中の方々より相談を受けるはそれがし本来の役割。それで生ずる苦労も困難も、皆それがしの仕事ゆえのことなれば、錦堂どのが負担に思われる理由はありませぬ。

心に憂《うれ》いあるなれば、要《い》らぬ斟酌《しんしゃく》に気を回すことなく、どうぞ腹蔵《ふくぞう》なくお話しいただければと存じます」

「裄沢様……」

顔を上げた庄右衛門へ、裄沢はしっかりと頷いて見せた。

二

　じっと裄沢の顔を見ていた庄右衛門が、気を取り直して頷き返す。

「ありがとう存じます。それではお言葉に甘えて手前どもの鬱屈《うっくつ》をお話しさせていただきますが、備前屋さんが『裄沢様に相談するのはよせ』とおっしゃったのもまた道理ということは、言われる前から十分わきまえていたことにございました。

　それでもこうして願いに上がらずには済まなかったという心情を、どうかお察しいただければと。また、そうは申しても裄沢様にもお出来になることとならぬことがあるのも確《しか》と承知致しておりますので、無理なれば無理と、はっきりおっしゃっていただきますればそれで十分にございます。手前どもとしては、こうしてわざわざお運びいただいた上でお話をきちんと聞いてもらえただけで、やれることはやったと諦めもつきますので」

「さようか。ともかく、まずはそのお話を――錦堂どのは先ほどより『手前ども、も』とおっしゃっているが、それは庄右衛門どのお一人のことではなく錦堂の見世に関わることという意味であろうか。それとも、庄右衛門どのやその見世以外にも、同じ立場で関わっている者があるということにござろうか」

「さすがは裄沢様にございますな。本筋のお話を始める前に、手前の言葉の一片だけからすでにお気づきのことがあるとは——ええ、さようにございます。

実際のところこれから申し上げるお話は、手前や手前の見世とは直接には関わるところのないものにございます。けれど、手前どもの見世を含む櫓下《やぐらした》界隈にとっては、放置してはおけないほどの大事にございますので」

櫓下は、吉原と並び称される遊興地であった深川の中でも「七場所」と呼ばれる代表的な岡場所《おかばしょ》の一つであり、門前山本町に置かれていた。

庄右衛門の話は続く。

「手前の見世がありますす門前山本町の隣町、門前仲町《もんぜんなかちょう》に橘屋《たちばなや》という蒲団屋《ふとんや》がございます——いや、今となってはございましたと申し上げるべきでしょうな。

ともかくその橘屋は、敷蒲団《しきぶとん》や掻巻《かいまき》ばかりでなく、枕《まくら》や掛蒲団《かけぶとん》、蚊帳《かや》、蚊遣《かや》り用に誂《あつら》えた道具その他、寝具周りの物いっさいを手広く扱うような見世にございました」

当時の寝具の上掛けは、着物のような体裁《ていさい》をした掻巻が一般的で、掛蒲団を用いるのは高貴な身分や富裕の者、あるいは吉原でも上級の女郎の部屋などに限られていた。蚊遣りは現代における蚊取り線香のはしりであるが、その実態はただ松葉などを燃やした煙で虫を燻《いぶ》して追いやるというだけのもので、庶民の家ならその受け皿には使い古して欠けた皿などを使っていた。それ用に別で誂えた道具をわざわざ商っているということからも、橘屋は永代寺などの大きな寺社や、深川でも名の通った妓楼の高級遊女用の座敷などへ品を納めるような見世だということであろう。

「その橘屋にございますが、単に深川で長年商売を続けてきたというだけではなく、町のため土地のため、いろいろと手助けをしてくださっていたところにございました。特にかつてのご改革（この物語よりおよそ十年前後前の数年間施行された、当時の老中首座《ろうじゅうしゅざ》・松平定信《まつだいらさだのぶ》が主導した寛政《かんせい》の改革）の折には、それはもう皆のため身《み》を粉《こ》にするほどの働きをしてくださりまして――あれがなければ、深川はまだここまでの立ち直りはとうていできてはおらなかったでしょう」

「錦堂どのらと手を携《たずさ》えて、深川の衰勢《すいせい》を押し留め復興に尽力されたということにございますな」

「いえ……手前の力などは、橘屋さんと比べればいかほどのこともございませんでした」

そう謙遜《けんそん》する庄右衛門は、往時を思い出してか、いささか遠い目をしていた。

「その橘屋という見世が、どうしました」

「これは、つい我を忘れて失礼をば――その橘屋さんにございますが、一昨年に不幸がございまして、主とそのお内儀《ないぎ》、さらに二人いた番頭と手代のうち主だった者が、いずれも相次いで亡くなってしまいまして」

二年前といえば、裄沢が怪我をした来合の代理として一時期臨時で定町廻りを勤めた年である。しかしながら、裄沢は勤めの中でそのような話を耳にしたことはなかったし、その前後、来合や来合とよく組になる室町あたりからも聞かされたことはなかった。

「何か橘屋に、凶事《きようじ》が？」

「別段、血腥《ちなまぐさ》い話とか、そういった類《たぐい》のものではございませぬ――あまり広がらなかったのではございますが、そのころ深川の一帯のみで流行病《はやりやまい》と思われるものが生じました。

橘屋は、ずいぶんと後のほうでそれに罹《かか》る者が出たのです。見世は用心のためしばらく閉め、子供らは世話をする者をつけて向島《むこうじま》（本所の北に位置する閑静《かんせい》な土地）のほうへ逃しておったのですが、流行の最後のほうとて病の質《たち》が悪くなっていたのか、主夫妻を含め見世の主《おも》だった者が皆儚《はかな》くなりまして」

「それは、気の毒なことでしたな」

「幸いにも、向島へやった子供らは無事にござりましたが、見世がそのような有り様では商売を続けるということにもならず」

「跡を引き継ぐ兄弟親戚などは、いなかったのですか」

「はい。先代が一人っ子で、お内儀の実家のほうは商売とは全く関わりのない生業《なりわい》をしておったようにございます。そして、橘屋さんがまだ若いうち、見世を継いですぐに先代が亡くなりご苦労なさっていたころにございますが、親戚筋とは行き違いが生じまして、義絶《ぎぜつ》したやに聞いておりました。まあ、その行き違いというのは、若い橘屋さんの見世を手助けするふりを装ったお節介が、乗っ取りを企んでの横槍《よこやり》だとバレたという顚末《てんまつ》でござりましたが。

　橘屋さんが亡くなってすぐに、見世の不幸を聞きつけたその親戚筋が乗り込んできたりもしたのですが、己の最期を悟った見世の主が遺言《ゆいごん》を残しておりましたゆえ、無事に追い返すことができたのでございます」

「その遺言にはどのようなことが」

庄右衛門は当時の経緯《いきさつ》を思い出してか、一つ深く息をした後で答えてきた。

「若いころに親戚に裏切られたのもあって、商売に関しては頼れる縁者がいなかったのでございましょうな。『体も頭も碌《ろく》に動かぬようになってからこのようなことを頼むのは甚《はなは》だ勝手とは承知しているけれど、ともかく子供らにとって一番よいようになることを考えて、後始末を願いたい』と。我らに、後のことはどうかよろしく頼むと」

「しかし、見世は続けられぬ――残された子供らは、どうしたのでしょう」

「まずは商売のほうにございますが、手前どもを含めこれまで橘屋さんに世話になった者たちが、橘屋さんの遺言に基づき見世や売り残した品の処分などを手伝いまして、子供らが生きていくに十分なほどにはお金にすることができたのでございます。また、こうしたことを進めていく上で、室町様にはずいぶんとお骨折《ほねお》りをいただきました」

深川を持ち場とする北町の定町廻りは来合だが、ワルには強くとも、様々な方面に細かい配慮を必要とするこういった話に向いているとは言えない。おそらくは来合とよく組む臨時廻りの室町が、いつもの苦労性を発揮して自ら手間の掛かる役割を買って出たのであろう。

「で、その子供らについては、お内儀の実家のほうで引き取って育ててくださることとなったのですが……」

「そこで、何か支障が生じた？」

「はい。実は、手前どもで橘屋さんの見世を処分したことについて、もの言いをつけてきたお人がござりまして」

「それは、どのような」

「橘屋さんは生前――といっても見世を引き継いですぐのことにございますが、あるところからお金を借りていらっしゃいまして、そのころの借用証文《しゃくようしょうもん》なる物を持ち出してきた者がいたのでございます」

「若いころの借金？　――話を聞くに、橘屋という男は昔はともかく、今は深川の立ち直りを支えんとするほどの商人になっていたと聞きましたが。若いころの借金を、返していなかったのですか？」

「それにございますが、手前どもで橘屋さんの見世を整理しているときに、その借用証文と対《つい》になるような受取《うけとり》証文が出てきておりました。そこへこの話が持ち出されたものですから、見世を処分するにあたって手伝ってもらった、先代のころから奉公しもう隠居をしている元の番頭さんを再度呼び出して、知っていることがあるか尋ねたのでございます。すると、この人が当時のことを思い出してくれました。

借金は親戚筋からの横槍を躱《かわ》すために無理にでも金を作らねばならなくなったためにしたものだったそうにございますが、いざ返そうとしたときに、貸し主より『恥ずかしい話だが、不始末でそちらからの借用証文を紛失したようなので、返済は求めない』との申し出がありましたそうな。しかしながら、返さずにおいて後から証文が出てきたので返せとなっては、本来の期限が過ぎていることから利息《りそく》が嵩《かさ》みますので、そのまま相手の言うとおりにして『儲けた』で済ませられることではござりませぬ。結局は双方で話し合い、『貸し主は利息分は諦めて元本《がんぽん》のみ受け取る、借り主は借用証文の返却や破棄は求めぬ代わりに、返済金の受取証文にことの次第を記して署名捺印《なついん》した物を受け取る』ということで話がついたということにございました。

確かに、橘屋さんに残されていた受取証文にはその旨《むね》の但し書きが入っておりましたので、持ち込まれた借用証文は無効ということで話は済んだつもりにございました」

「ところが、それでは済まなんだと？」

「はい。まずは借用証文を持ち出してきた相手にございますが、それは橘屋さんがお金を借りたご当人ではなかったのです。ご当人はもうすでに亡くなり、後を息子さんが引き継がれたのですが商売が上手くいかずに見世を畳《たた》むことになりまして、見世の品や家財などはその息子さんが商売の中で作った借金の質《かた》として差し押さえられましたが、橘屋さんの借用証文はその家財の中に紛れ込んでおったようでした。それがどこへどう流れたか、橘屋さんの見世を乗っ取ろうとして撥《は》ねつけられた親戚の手に渡ってしまったのでございます」

「では、借用証文を持ち出してきたのがその親戚だと」

「はい。手前と共に橘屋さんの見世の後始末をした者のところへ押し掛けて参りまして。その者には話を聞いた上でいったんお引き取りを願い、手前どもとも相談した後、先ほどお話ししましたように『すでに支払いは済んでおり、その証となる証文もある』ということを申し上げたのですが」

「それでは得心《とくしん》せなんだと」

「ええ。先月、御番所へ訴え出られたのでございます」

先月、卯月《うづき》（陰暦四月）の月番は南町奉行所である。このとき訴えが取り上げられたのであれば、この一件の調べは南町奉行所の管轄となったはずだ。

「訴えにおいて先方の求めているのは、どのようなことになりますか」

「受取証文などは与《あずか》り知らぬ。借金の返済が終わっているならば、借用証文がこうして残っているはずはないと。そして借用証文が残っているからには、橘屋の倅たちか、その代わりに見世を処分した者たちかはともかく、利息を含めてキッチリ全額の返済を願いたいというのが、南町奉行所《みなみのごばんしよ》への先方の申し条にございました。

しかしながら、橘屋さんが若いころに借りた金にございます。そのころから今に至るまでの利息を含めた金額となりますと、それはもうたいへんな金額《もの》で。橘屋さんのお子たちが一本立ちするのに十分な金が作れたと申しましたが、相手の言うなりに払ってしまったのでは、却《かえ》って足が出てしまうようになるかと。無論のこと、我らで容易に肩代わりできるような額でもござりませぬ」

「しかしながらお話を聞く限り、南町が訴えを取り上げるようなことはなさそうに思えますが……」

裄沢の疑問に、庄右衛門は改めて覚悟を決めたような顔で返答した。

「そこにございます――こたびの訴えについて、詮議をご担当なさる吟味方与力は笠置《かさぎ》様――こう申すのも憚《はばか》りがございますけれど、何かと噂のあるお方にございまして」

「南町の吟味方与力、笠置様……」

裄沢は、初めて聞く名を口の中で繰り返した。

三

小舟町の料理茶屋を出て錦堂庄右衛門と別れた裄沢は、足をわずかに南へ向けて江戸橋《えどばし》を渡ると、自宅のある南の方角へはそのまま進まず、すぐに道を西へと転じた。そのまま真っ直ぐ進んで渡ったのが呉服橋。行き着いたところは、己の勤め先である北町奉行所だ。

表門で門番をする小者に軽く挨拶を返して、自分たち廻り方の集合場所でありながら昼の間はほとんど人のいない同心詰所には目も向けず、門から真正面にある奉行所本体の建物へと歩んでいく。玄関脇の式台から中へ入ってすぐ左手へ折れ、先日吟味方同心の案内を受けて入室した吟味所の前で足を止めた。

「失礼致します」

声を掛けて中を覗く。中で話をしたり書き物をしたりしていた何人かがこちらへ顔を向けたが、その中に目当ての人物がいた。

「おう、裄沢さん。吟味方に何か用かい？」

気軽に声を掛けてくれたが、向こうは与力の中でも力のある吟味方、しかも見習い、助役、本役と三段階ある中で最上位の、吟味方本役に就いている俊英である。

甲斐原之里——裄沢が本来関わり合う必要がないほどの端役《はやく》であったころから、なぜか目を掛けてもらっている相手だ。

裄沢は、いったん黙礼してから近づいて言葉を掛けた。

「甲斐原様、お忙《いそが》しいところをたいへん申し訳ありません。教えていただきたいことがあるのですが、この後どこかでときを作っていただくことはできますでしょうか」

裄沢の急で無理筋《むりすじ》な願いに、甲斐原はアッサリと応じてきた。

「おう、お前さんに世話んなってんのはこっちのほうだ。今すぐで構わねえぜ」

お手間をお掛けします、と頭を下げた裄沢の様子を見て、甲斐原が気を回す。

「……どっか、他んとこのほうがいいか」

「申し訳ありません。できますれば」

　裄沢の返事に頷いた甲斐原は、気さくに立ち上がった。「ついてきねえ」とひと言だけ口にして、先に部屋を出る。裄沢は周囲の者に軽く頭を下げて甲斐原の背に続いた。

　甲斐原が向かった先は、吟味所を出てすぐの三之間《さんのま》だった。お白洲に面して並ぶ裁許所、裁許所次之間、吟味所の、お白洲とは反対側に隣り合わせでそれぞれ桐之間《きりのま》、二之間、三之間と並んでいるのだ。

　桐之間は裁許所にお奉行が出る前の控えの部屋で、二之間はお奉行のお白洲に立ち会うために奉行所を訪れる目付《めつけ》など、来訪者の控えの間として使われる。三之間は、来訪者が多い場合やひと部屋に入れるには都合が悪いときなどに二之間同様に使われることもあるし、そうした用途がないときには、お奉行がお白洲に臨む際に吟味方与力同心たちが控えるための場として使用されることもある。

　午《ひる》を過ぎたばかりの今の刻限、お奉行はまだ江戸城《おしろ》から戻られていないことから裁許所を使う予定はなく、桐之間以下の部屋にも人はいないようであった。

　三之間に入った甲斐原は、吟味所側とその反対側の廊下に繋がる二方の襖を開け放し、廊下側の桐之間から遠いほうの角に立った。ここに立てば廊下を歩く人の姿に気づかぬことはないし、耳を欹《そばだ》てる者がいても物陰は遠いから小声で話せば聞かれはしない。

「話ぃできんのがこんなとこしかなくて、悪いけどな」

甲斐原が申し訳なさそうに言ってきた。

「いえ。お気遣いいただき、恐縮にございます」

「で、お前さんが他聞《たぶん》を憚る訊きてえことってえのは？」

忙しい甲斐原は直截《ちょくさい》である。裄沢も、回《まわ》り諄《くど》い前置きなど口にすることなくすぐに応じた。

「はい、妙なことを訊くと思われるやもしれませんが、もし吟味方与力として不正を働く者があるとすれば、どのようなことをなすものか、ご存知のところをお教えいただければと存じまして」

「？——そいつぁ、吟味方で不正に手を染めてる野郎がいるかもしれねえってことかい」

「別段、北町奉行所《このごばんしょ》を念頭に置いてお尋ねしているわけではありません」

甲斐原は、わずかに口を閉ざしてじっと裄沢を見た。断られたら諦めるまで、と思っている裄沢は、真っ直ぐ見返す。

何を思ったか、ふっと表情を緩めた甲斐原が話し出した。

「そうさなぁ、お前さんがそういう問いを発したってこたぁ、他の与力同心じゃあ無理だけど、吟味方与力ならできる不正ってのを訊きてえってこったよな――言い換えりゃあ、吟味方与力がお白洲でやるなら、どういう勝手ができるかってことになるだろうけど」

「はい。それを教えていただければと、厚かましくもお願いに上がっております」

ふーん、と応じた甲斐原は、視線を人のいない部屋の向こう側へ向けながら語り始めた。

「吟味方与力がお白洲や、その前の吟味でできることと言やあ、考えられんなぁ、調べる相手から裏で金を受け取って、調べやお裁きに手心《てごころ》を加えることぐれえだな。けど、咎人相手にこいつをやっちまうと、万が一バレたときにゃあ、お役御免ぐれえじゃ済まねえことんなる。よくて追放、下手すりゃ腹も切らせてもらえねえで打《う》ち首《くび》なんてことまであり得るから、そんなのに手を出す阿呆《あほう》はまず居ねえな。

まあ、町人同士の争いが御番所まで持ち込まれるような公事《くじ》の一件か、せいぜいどうにでも押さえ込めそうな町人相手に武家がしでかした不始末を、揉《も》み消《け》すことぐれえだろうな——前《めえ》に辞めてった瀬尾《せお》が企んだみてえによ」

瀬尾は、かつて北町奉行所で吟味方与力の助役まで勤めた男であった。大身旗本の用人が己の悪事のバレるのを防ぐために無辜《むこ》の町人を斬ったのを、無礼討《ぶれいう》ちとして責を問わずに済ませようとしたのが発覚し、その他の不始末も見つかって御番所を追われていた。

「で、その町人同士の諍《いさか》いだけど、御番所に持ち込まれんののほとんどが、借金を返さねえとか、壊した貴重品の弁済をしねえとか、商家の跡目争いとか、あとは土地の境界争いみてえな、いずれも金の絡《から》んだモンだ。

まあ、離縁して夫と妻のどっちが子を引き取るとか、婚姻《こんいん》の約束をしたのに騙《だま》されたとかって話も来るけど、そういうなぁあんまり金にならねえから、あくでえ吟味方でも、わざわざ手ぇ出してお裁きを歪《ゆが》めるなんて気にゃあならねえのが普通だな」

町人の諍いに経済的な問題が多いというのは、お裁きの前例調査などに携わる用部屋手附同心としてそれなりの経験を有する裄沢にも実感できるところだ。そして、婚姻に関して相手を常習的に騙すような者は詐欺《さぎ》として処罰の対象となるわけだから、これも不正の元ネタにしないのは、冒頭の甲斐原の説明のとおりであろう。

　甲斐原の説明は続く。

「吟味方が詮議でやれる一番単純な不正は、訴人《そにん》（原告）と相手方（被告）の双方で主張の異なる争いにおいて、誰がどう見たって不利なほうから金ぇ受け取って、そっちに有利なお裁きを下してやるこったけど、こんなことぉ次々やってりゃ当然負けた方の苦情がいくつも出てきて、御番所にまで聞こえてくることんなる。まぁそいつが一つや二つぐれえだったら、見込み違いをやらかしたってこってお叱りぐれえで終わるかもしれねえけど、そんなもんじゃきけねえほどゴロゴロ出てきたとなりゃあ、その与力は以後吟味方じゃ勤められねえってだけじゃあなくって、まずもってもう町方役人として仕舞《しめ》えだな。当人が致仕《ちし》（退職）するだけで済みゃあ御《おん》の字《じ》で、下手すりゃあ倅に後を継がせることまで難しくなりかねねえ」

　ここまでは裄沢でも簡単に想像がついていた。しかし、こたび錦堂から聞いた話はそんな単純なものではなさそうだ。

　甲斐原も、裄沢の内心の思いを見透かしたように、今までの自分の言葉を打ち消すような科白《せりふ》を口にした。

「まあ今どき、そこまで際どいことぉやらかすような考えなしは、そうはいねえだろうよ。

もっとも瀬尾がやったみてえに、ご大身の後《うし》ろ楯《だて》を得てる用人が商家の主ぃ斬り殺し、後に残ったのがその女房と娘だけってこって、吟味方として無礼討ちで間違いねえと太鼓判《たいこばん》押してやるような話なら、まずはその判断を下した野郎《吟味方》が誤ってたなんてことにゃあならなかったはずだったんだろうけどな」

瀬尾が盤石《ばんじゃく》だと確信を持って行った不正をひっくり返してしまった張本人《ちょうほんにん》の一人を、眺めやりながらの言いようである。

「それで、そうした不正が上手くはいかぬとすると、他にどのような手が？」

裄沢は横道に逸《そ》れたもの言いには付き合わず、淡々と続きを乞《こ》うた。

「ウン。まぁこんな、誰が見たって明らかな不正をしでかしたとなりゃあ、突き詰められたときに逃《のが》れようはねえからな。なら、もっと判りづれえ手を取りゃあいいってことんなる。

さっきのたとえで言やあ、争いの不利なほうから下手に金ぇ受け取って肩持ったりしたら簡単にバレかねねえし、そうなったら後が怖《こえ》え。けど有利なほうは手《て》前《めえ》でそうだと知ってるから、もともと無理してまで吟味方を味方に付けようたぁしねえ――じゃあどうすっかってえと、訴人と相手方両方が面突《つら》き合わせた調べの場で、真面目な顔していろいろと難しそうなことを言ってやるんだ。そうしたら、最初にゃ絶対に自分らが勝つと思ってたとしたって、『あれ、こいつぁひょっとしたら、負けるってこともあるんじゃねえか』って、不安になってくる。で、昨日まで自信満々だった野郎がもともとする気のなかった裏から手ぇ回して金を握らせてくるってこともあるんだ。そいつを待ってて、払ってくれたとこで最初っから勝ちが決まってたほうへそのとおりにお裁きを下すって寸法さ。

　そしたら、勝ったほうは金ぇ払ってまで勝ちたかったのがそのとおりになったんだから、文句はねえ。後《うし》ろ暗《ぐれ》えことぉしたって自覚もあるから、口は閉じとくだろ？　万が一裏から金ぇ渡して勝ったなんてことがバレたら、手前が罪に問われるとかお裁きのやり直しとかまでであり得るからな。

　負けたほうにすりゃあ、お白洲の途中じゃあ思ってたより自分らに有利かもって期待してたにせよ、端《はな》から勝ちの見込みの少ねえ公事だったからよ。もしグダグダ文句垂れて、それがお上に聞こえてきたって、調べてみりゃあ当然勝つべきほうが勝ったってお裁きだったと判るだけだから、金ぇ受け取った吟味方与力が目ぇつけられるようなことにゃあ、なかなかならねえのさ」

「それから別のやり口でいうと、訴人と相手方、どっちの言ってることにもそれなりに理屈が通ってて、容易にゃあ白黒つけられねえって公事も、当然のこと少なからずある。そういったときは、そのまんま難しい顔して調べを進めてくと、双方がどっちに転ぶか判らねえってんで、両方とも金ぇ握らせてくることもある

――一方からだけ受け取って、そっちの肩ぁ持っちまえば、負けたほうから苦情が出るから、金ぇ出してきた両方から受け取るんだ。一方しか出してこねえようなときゃあ、『もう一方は金握らせてきてるぜ』って、暗に知らせることまでしてな」

「なるほど……」

「？　――そんなことをしては、やはり負けたほうからの苦情が出てしまって、上に知られてしまうという危険があるのでは」

「だから、どっちの言ってることが正しいかじゃなくって、負けたときにあんまし苦情なんぞ言わねえで諦めそうとか、愚痴《ぐち》ぃ聞いてくれる者なんぞ碌に居やしねえだろうってほうを負けさすんだ。

で、どっちもそう簡単にゃあ収まらねえだろうとなったら、そんときゃあ放り出しちまうのさ」

「放り出す？」

「おうよ。『こんな難しい公事は、おいらじゃとっても判断できません』って、お奉行へ上げちまうのさ。そしたらそっから判断すんなぁ、お奉行がやることとなる。そんでもってお奉行のお裁きで負けたほうにゃあ、『おいらも頑張ったんだけど、なにしろ公事自体がお奉行の御直裁《ごじきさい》っつうことにされちまって、お前さん方のためにいろいろと言上《ごんじょう》はしたんだけど、力及ばずで申し訳なかった』とでも言って、軽く頭の一つでも下げりゃあ、そんで仕舞《しめ》えよ。

負けた当人だって、相手がお奉行様となりゃあ、そうそう苦情を口にするわけにもいかねえし、『負けたけど頑張ってやれることはやった』って言われちまえば、なかなか払った金ぇ返せとも言えねえしな」

「……御番所に訴えてお白洲へ持ち込むまでには、煩《わずら》わしきことが少なからずあります。なのにそんな結末で、得心して引っ込むものでしょうか」

当時の公事は現代の裁判とは違い、訴え出たい当人が「法で定められた手続きを個人としてきちんと踏めば法廷に臨める」というものではなかった。

まず誰かを相手に訴えを起こしたいときは、自身の属する五人組や家主《いえぬし》に相談を持ち掛けて同意を得た上で、家主から相手方《訴えられたほう》の家主に対し、相手方が逃げ出さないよう「預り《監視》」の依頼を出してもらう。

すると受け取ったほうの家主も所属の五人組の面々とともに、相手方当人に内済で済ませるよう説得する。これに相手方が応じない場合に、その家主は当人の身柄を押さえておくことを了承する「預り証」を訴人《訴えたほう》の家主に返送する。

訴人の家主は訴えの内容を記した「訴状」に「預り証」を添付して所属する町の町名主《まちなぬし》に提出する。町名主も訴人に内済で済ませるよう再度説得して当人が承諾しなければ、相手方の町名主に訴え出ることの通知を行う。通知を受けた町名主も訴訟の相手方に対し同様の勧告・説得をするが、それでことが収まらないとなって、初めて町奉行所への訴えとなるのだ。

訴えの提出を受けた町奉行所で、取り上げる必要があると判断されてようやくお調べとなるのだが、以前の巻でも述べたように、お白洲には訴人と相手方、それに証人となる者がそれぞれ当人一人だけで出頭すればよいわけではなく、家主や奉公先の主などの身元保証人と、己の属する町の町名主（もしくは手代などその代理人）を伴わねばならず、そうした同伴者には自分のために一日を無駄にさせる分の手間賃や弁当代の費用負担もしなければならない。

これだけの手間や金を掛けてようやくお白洲の場に臨んだ上に、訴えの採否を判断する吟味方へ裏から手を回して金を渡したのだから、自分の望む結果が出なければおかしいという意識に当然なるはずなのだ。

裄沢が示した疑義《ぎぎ》に、甲斐原はあっさりと答えてきた。

「まあ、不思議に思うだろうけど、そんだけの手間ぁ掛けた上でのこったから、もうこれ以上やりようがねえってことなんだろうな」

「？」

「当人がまだ諦めきれなくても、それまで家主を筆頭に、五人組だの町名主だのをさんざん引きずり回してんだ。それがお白洲でいちおうの決着がついたってえのにまだナンかやらかそうとしたって、もう周りがついてきやしねえやな」

家主にせよ五人組にせよ、普段から付き合いのある相手なのだ。町名主には特別なときでなければ直に接する機会はないが、この先何か「いざ」ということが起こったときには悪感情を持たれているかどうかで扱いが大きく変わってき得る。

いろいろ振り回した後ともなれば、さすがに顔色を覗《うかが》っておかないと普段の暮らしへの影響が大きくなるということは、ほとんどの者が理解するところであろう。

「ただ、この前の亀太みてえな破落戸《ごろつき》の類とか、あるいは町家のことじゃあなくって村方《むらかた》の争いが江戸の御番所まで持ち込まれたときゃあ、話は別になることもあるけどな」

無頼の連中ならば、周囲がどう思おうが気にも掛けずに自らの欲に従って動くことが当たり前にあるというのは、亀太の例を見るまでもなく理解できることだ。

そして村方の者が代官所や領主に訴えるのではなく、わざわざ江戸へ出てきて訴訟に及ぶとなれば、それは為政者からの扱いや隣村などとの村と村の諍いがほとんどである以上、訴え出た者の中に村長《むらおさ》などの村の代表者まで含まれているか、そうした人物を相手にしてのお裁きを望んでいるということだ。

当然、周囲は全員が同調者か敵対者のいずれかということになるから、そちらへ気を回して訴えを諦めることはなく、皆の不満が収まらなければ何度でも繰り返しての要求を試みるという推移を辿《たど》る。

「まぁ、そんなとこにゃあ、強欲な吟味方がいたってまず手はださねえだろうけどな」

たしかに、そんな相手に変な希望を持たせてしまったら後が七面倒臭《しちめんどくさ》いことになるのは明らかだ。どれほど金に汚い町方役人でも、手を出す気にはならないであろう。

四

「ありがとうございました。いろいろとためになるお話を伺えました」

丁寧《ていねい》に礼を言った裄沢へ、甲斐原は難しげな視線を向けた。

「お前さんがこんな話を訊きにきたなぁ、北町奉行所《このごばんしょ》のことでじゃねえって言ったよな」

「はい。違いますが、どこぞではっきりそうした不正が行われていると確かめられているわけではございません。どうかご放念《ほうねん》ください」

「そうかい——けど、はっきりそうだと判ったときゃあ、こっちにも知らせてくれんだよな」

「それは……」

吟味方与力の不正、しかも北町奉行所でないとすれば、残る心当たりはただ一つ——はっきり口にはせずとも、いずれにとっても明白なことである。

しかし、それが自分らの中で明白であることと、公に弾劾するところまで踏み込む行為をやってよいかどうかは、また別の話だった。

南町の与力同心のやったことに北町から口を挟むのは、たとえそうする対象が不正な所行《しょぎょう》であったとしても、されたほうからすれば越権行《えっけんこう》為《い》だと受け止められるかもしれない。それが当人一人の感情だけに留まるならば大ごとになりはしないだろうが、もし南町全体がそう見なしたならば、ことは両奉行所に所属する与力同心ら全員の——言い換えれば組織対組織の——南町《みなみまち》北町《きたまち》反目《はんもく》にまで発展しかねない。

幸いにも現在の南北両町奉行所の関係は良好であったが、本来このように同じ機能を持つ組織が複数作られる目的は、競合と相互監視による不正や怠業《たいぎょう》の防止である。にもかかわらず両町奉行所において、対立や反目し合うことより、良好な間柄であったりそこまでいかずとも相互不干渉の関係にある期間のほうがずっと長かったのには、他とは違う「町奉行所という組織」の特殊性が関係していた。

南北の町奉行所は、月番といって新規案件の受け付けを一ヵ月交替で受け持っているため、相互の連絡を密にしないと仕事の上での齟齬《そご》が多数生じかねないのである。

さらには、町方の与力同心は庶民を相手にする中、犯罪者の捕縛《ほばく》から処刑にまで携わることから、他のお役の者らからは「不浄役人」として距離を置くような扱いを受けていた点も無視できない。つまり、彼我《ひが》の各々《おのおの》が南北同じ町奉行所の所属かどうかに関わらず、他の幕臣への被差別感情に基づく連帯意識があったのだ。

現実問題として、婚姻の際にも（他のお役の者からは敬遠されがちなので）同じ町方から嫁を迎える事例が多くなり、そうすると南か北かなどということにこだわって選択の範囲を狭めるのが愚かなのは、自明《じめい》の理《り》であった。

仕事の上で協調関係にあり、私生活でも自分だけでなく周囲の皆が姻戚関係に基づき南北の隔《へだ》たりのない付き合いをしている、さらに南北入り混じって同じ地域の中に住まいしているとなれば、直接の知り合いでなくともなかなか角《つの》突《つ》き合《あ》わすようにはならないのが当たり前であろう。

――けれど身内《なかま》意識が強ければ、「後《う》ろから刺《ら》さ《ぎ》れ《ら》た《れ》」《た》と感じたときの怒りや恨みは、逆にその分だけ大きくなる。

錦堂が裄沢へ相談するのを備前屋が止めたのも、止められた錦堂がそれでもやむにやまれず裄沢へ面談を願ったものの最後まで躊躇《ためら》いがちだったのも、これが理由であった。

なにしろ裄沢は、同じ北町の所属とはいえ吟味方与力だった瀬尾の不正にあえて逆らってみせたという前科《じっせき》を残しているのだ。裄沢と親しい備前屋はもとより、瀬尾が「無礼討ち」で収めようとした大身旗本の用人による人殺しは深川で行われたことであったから、当時世間を賑《にぎ》わわせたこの一件を、当の深川で商売をする錦堂が知らなかったとは思えない。

南町の与力による不正について相談を受けて、裄沢が遁辞《とんじ》を構えるとは思いようがなかった。備前屋の制止も、錦堂の逡巡《しゅんじゅん》も、そうした裄沢の性情《せいじょう》をしっかり認識していたがゆえなのだ。

同じことが、裄沢からの問いに答えた甲斐原にも言えた。

――吟味方の忙しさを知っていながら裄沢がおいらにこんなことぉ訊いてくるからにゃあ、それなりのよんどころねえ事情があるはずだ。北でなけりゃ南ってのははっきりしてるけど、裄沢のこっ《こいっ》たからそんなことにゃあいっさいお構いなしで真っ直ぐ突っ込んでくだろう。

危うい。そう思ったから、「一人で突っ走るな」とことを起こす前に自分に知らせるよう求めたのだった。

　こうした甲斐原の配慮は、裄沢にも通じている。しかしだからこそ、裄沢ははっきり「諾《だく》」とは応じられなかった。

　南町の吟味方与力のやり方を糾弾《きゆうだん》したとき、これがどこまでも裄沢一人の行為であれば、万が一の際は裄沢だけが責任を取れば大きな騒動にはならずに終わる。しかしそこに同じ北町の与力同心が一人でも関与すると、「跳ねっ返りの木《こ》っ端《ぱ》役人単独の暴走」では済まされずに、それこそ組織対組織のぶつかり合いとなりかねない。

　北町奉行所で吟味方本役与力を勤める甲斐原が与《くみ》していたともなれば、深刻な対立にまで発展する懸念《けねん》はますます大きくなってしまう。裄沢としては、どうしても甲斐原に首を突っ込んでもらうわけにはいかないのだった。

　それればかりではない。万が一甲斐原が裄沢を手助けする形で事態が大ごとになってしまえば、責任の追及は甲斐原のほうにまで及んでしまうことになろう。今まで公私に亘《わた》り大いに世話になっている甲斐原を、自分のせいでそんな目に遭わせるわけにはいかない。

　――やはり、甲斐原様にこんなことを問うたのは間違いだったか。

後悔の念が湧き起こったが、それでは他に手立てがあったかとなると、裄沢には同じほどの成果が得られる手段は思いつけなかった。

咎人を牢屋敷に収監する際、吟味方から請求される入牢証文を発行するお役である用部屋手附にしばらく在籍していたことなどから、裄沢は吟味方同心には一人ならず知り合いがいる。しかし、同じ吟味方でも同心では、咎人の詮議に携わる以外はお白洲の補助や周辺業務に携わるだけだから、実際に裁きが下される過程でどのような不正が行われているかを知悉《ちしつ》しているという確信がなかった。

さらに言えば、上役である与力への遠慮や臆心《おくしん》から、口が重くなって十分な話を聞けないこともあり得た。

では他の吟味方与力なら——となると、もともと人付き合いが得意なほうではない裄沢にすれば、こんなことを頼めそうなのが甲斐原以外にはいなかったのである。親方（吟味方を取り纏《と まと》める本役与力の坂口伊織）からはなぜか好意を抱かれている様子があるが、かといって親しく言葉を交わしたことがあるわけでもないし……。

つまりは巻き込んでしまいかねないのを承知で甲斐原を頼るか、あるいは本来得られるはずの知識を欠いたままで錦堂の相談に応じていくかしかなかったのだが、上手くいかなかった場合にどちらのほうが後悔が大きいかという点から、この選択をしたのであった。

――それでも、実際こうなってみると、やはり不安は大きい。

裄沢は、「ことが明確になったなら自分にも知らせろ」という甲斐原へ、あえて硬い口調で応じた。

「甲斐原様。お教えいただき、本当にありがとうございました。ですがここからは、それがしが行うべきこと。下手に多くの者が手を出せば、ことが無用に大きくなってしまいかねません。どうか、ご理解を」

そう拒絶した裄沢を、甲斐原はじっと見つめた。

「そうかい――まぁ、お前さんの懸念は判らねえワケじゃねえけど、そう上手くいくもんかね。

お前さんが何やろうとしてんのか、今のおいらにゃ判らねえけど、もしその結果お前さんがどうこうなりそうんなったら、決して放っちゃおかねえってお節介野郎が、表門の脇辺りだけでも両手で数えなきゃならねえほどにゃあいるんじゃねえか？」

甲斐原の言葉に、表門脇の同心詰所に朝夕集《つど》う廻り方の面々の顔が思い浮かんだ。

「……さほどの数はおらぬでしょう」

「そうかい？　そいつぁお前さん、高《たか》ぁ括《くく》ってるってえか、自分のことを低く見積もりすぎてるように思うんだが、なら一人でも二人でもいいさ。そういう野郎がいそうだってなぁ、お前さんだって否定はできねえだろ？

ならそこに、おいら一人が加わったぐれえで、大勢に影響はなかろうよ」

甲斐原が述べた考えは、確かにそのとおりだろう。だからといって、この調べに参加してもらおうという考えにはならない。

少なくとも表向きには己一人だけで動いて、他の者が責任を問われることのないようにするのは、自ら望んで薄氷《はくひょう》を踏もうとしている己にとって、最低限守るべきことなのだ。

「ご忠告ありがとうございます。いただいたお言葉をよく考えて、以後の行動に生かして参ろうと存じます」

そう言って裄沢は深々と頭を下げると、甲斐原に背を向けてその場から歩み去った。

甲斐原は、もう言葉を掛けることなく、去っていく裄沢の後ろ姿を黙って見送った。

五

いったん北町奉行所を出て吉原へ向かった裄沢は、面番所で通例のごとく立ち番を務めた——とはいえ、着いたのが夕刻間近な八つ半（午後三時ごろ）過ぎで、妓楼が昼見世と夜見世（昼営業と夜間営業）の間の休みに入る七つ（午後四時ごろ）にはもう吉原を後にしたのだから、面番所にいたのは「きちんと立ち番の仕事をこなした」などととうてい胸を張れないほどの短い間でしかなかった。

吉原を後にした裄沢は、再度北町奉行所へと向かった。今度は本体の建物には入らず、表門脇の同心詰所へと足を向ける。

入り口から中を覗き込んでみれば、本日出仕の定町廻りや臨時廻りは市中巡回を終えて、皆がもう顔を揃えているようだった。

「おう、裄沢さん、お疲れ」

夕刻の打ち合わせの邪魔にならないよう静かに近づいていくと、気づいた臨時廻りの柊《ひいらぎ》壮太郎《そうたろう》が声を掛けてきた。裄沢も「お疲れ様です」と返して皆の集まりに加わる。

「お前さん、今日は何か用があったかい?」

続けて同じ臨時廻りの室町が問い掛けてきたのは、裄沢が普段からこの打ち合わせに顔を出しているわけではないからだ。

隠密廻りが朝夕の打ち合わせに普段から顔を出していると、いざ密命を受けて潜入探索となったときに、具体的に何を探っているかはともかく秘密の探索に従事したことが周囲に覚られてしまう、という先達《せんだつ》からの忠告に従ってのことだった。

「いえ、偶《たま》には廻り方の皆さんの動きも耳に入れておいたほうがいいかと思っただけですので——どうぞ、話を続けてください」

そう答えた裄沢に、室町らは自分らの話に戻っていった。

打ち合わせが終わるまで、裄沢は皆の話を黙って聞き続けた。それが終われば解散となる。

連れ立って飲みに行く者、そのまま自身の組屋敷へ帰る者、それぞれが詰所から出ていくのを、裄沢は別れの挨拶をしつつ見送った。

最後までその場に残ったのは、裄沢と来合の二人である。裄沢が目顔《めがお》で用があると告げたのを、受けてのことだった。他の面々は——室町あたりは特に——気づいていたかもしれないが、知らぬふりをしてそのまま詰所を後にしてくれた。

「で、どうした」

来合がぶっきらぼうに訊いてきたが、取っ付きが悪いだけで面倒がっているわけではない。

「悪いな、そう掛かる話じゃない。帰りながら話そうか」

詫びを口にしたのは、懐妊中の愛妻を持つ来合が、このところ仕事が終わると飲みにも行かず毎日真っ直ぐ帰っていることを知っていたからだ。

来合は「おう」とのみ返して先に表へと足を進めた。

「で？」

来合が問うてきたのは呉服橋を渡ってしばらく過ぎてから、足取りを緩めていたこともあり帰宅する町方の姿もずいぶんと疎《まば》らになってきた後のことだった。

廻り方の面々のいる前で話せないことならばと、この男なりに気遣っているのだ。

裄沢はおもむろに口を開いた。

「南町《みなみまち》奉行所の川田《かわだ》さんが非番のときに、俺と会ってもらえないか、つなぎを頼みたい」

来合は意外そうに裄沢を見やり、「川田さんと……」と呟《つぶや》く。

「お前が南町の川田さんに、どんな用がある」

川田は南町の廻り方で本所深川を受け持っており、来合とほぼ持ち場が重なっている定町廻りだ。幼馴染みで公私に亘り親しくしているつもりの自分には訊けず、川田に問いたいことがあると言われれば、疑問に思うのは当然であろう。

が、裄沢はにべもなく撥ねつける。

「お役目の上のこった。訊くな」

「……」

そう返されてしまえば、来合としては口を閉ざすしかない。裄沢のお役が隠密廻りであるからには、同じ北町で探索に従事する廻り方相手でも口にはできない密命が下されることは十分あり得る。今裄沢から、そう解せざるを得ないもの言いをされてしまったのだった。

改めて口を開いた裄沢の口調は、思い直したかいくぶん柔らかいものになっていた。

「訊きたいのは南町奉行所にも関わることだから、お前さんじゃあなくって川田さんに願おうって話だ――ほら、川田さんにゃあ、お前さんが休んでた間にちょっとした貸しができてたからな。俺がものを尋ねるのに、ちょうどいい相手だってことよ」

裄沢が怪我をした来合の代理で一時的に定町廻りを勤めていたとき、北町のごく一部の連中が裄沢を陥《おとしい》れようと悪巧みをしたことがあった。その際川田は、知らずに行ったことではあったが一味の一人からの問《へ》い《ネ》に《タ》素《を》直《な》に《が》答《し》えたがために、裄沢が窮地に立たされそうになったという経緯があったのだ。

事後にそれを知った川田は、裄沢のところへ自ら足を運んで頭を下げた。勝手に利用されただけだからとあっさり赦《ゆる》されたものの、何かあれば積極的に協力してくるだけの負い目は感じているはずだ。

なお来合も、当初こうした顚末についていっさい知らされてはいなかったものの、この悪巧みの破綻《はたん》から様々な余波が生じたところには原職に復帰しており、後追いで当時の出来事を把握するに至っている。

来合がどこまで察しているかはともかく、裄沢がその介入を拒《こば》んだのは、万が一の際に来合まで影響を及ぼさないためである。

ただ、甲斐原から指摘されたように、この程度の配慮にどれだけ効果があるかは定かではないのだが……。

　いずれにせよ、ここからの言動にはなお一層の注意が必要であると、裄沢は己に言い聞かせていた。

　こうした状況にあっても、己に退《ひ》くつもりがいっさいないからには――少なくとも、これ以上やるとこたびの一件に関わりのない者へ過大な影響を与えてしまうようになると、判断せざるを得なくなるまでは。

「俺から何を訊かれたか、川田さんに探りを入れるようなマネもよしとけよ」

　裄沢は最後に駄目を押した。

　来合が返事をしなかったのは十分得心してはいなかったからだろうが、確信もないのに仕事の上の決まりごと《隠密廻りの役目上の秘密厳守》を破るようないい加減な男でないことは、長い付き合いの中できちんと承知していた。


　川田が裄沢の組屋敷を訪ねてきたのは、当人の次の非番の日だった。裄沢自身は出仕日だったが、午前《ひるまえ》の来訪なら、川田を帰してから着替えて吉原へ向かえば十分間に合う。

　なにしろ通常時における吉原の面番所での立ち番は、一日十二刻（二十四時間）のうちいつでも気が向いたときに行えばよいのである。全く顔を出さないとか、来てもすぐにいなくなってしまうというのが常態化するのはよくないが、主な目的が「悪党の出入りの監視」である以上、いつも決まった刻限のみ顔を出すという有りようも決して褒《ほ》められたものではないのだ。

前回、川田が詫びを言うためにやってきたときは、遠慮して庭先へ顔を出してきたが、こたびはきちんと家の入り口から中へ迎え入れた。

「本日はよくお越しくださいました。せっかくのお休みの日にご足労いただきまして、申し訳ありませんでした」

川田と対座した裄沢は、しっかりと頭を下げて礼を言った。

「いや、御用の筋ということでしたら、休みも何もありませんので」

川田は居心地悪そうに、敷物に乗せた尻を少しずらしながら応《こた》えた。

「それで、おいらに訊きてえことってえのは？」

自分の失敗《しくじ》りで迷惑掛けたという負い目がある相手だというばかりでなく、どこまでが嘘でどこからが真《まこと》かは知らないけれど、呉服橋（北町奉行所のこと）のほうからは「与力を何人も飛ばした」とかいろいろと怖い噂が流れてくるような御仁である。協力を惜しむつもりはさらさらないが、できることならばさっさと用事を済ませて退散したい、というのが川田の本音であった。

が、裄沢はすぐに本題に入らず、一つ前置きを述べるところから始めた。

「最初にお断りしておきますが、ここで川田さんに伺ったことについて、誰から聞いたなどという話はいっさい外には漏らしません。また、この場でお話を伺う以外で、それがしが川田さんに何かを求めるということもありません。

何をどこまでお話しになるかについてもお心のままに。決して無理強いするつもりはありませんので、お話しになれることだけを明かしていただければと存じます」

改まったもの言いに、川田は思わず唾《つば》を呑み込む。それでも、何も聞かぬまま立ち去るわけにもいかないから、「それで?」と話の先を促した。

裄沢はひたりと川田へ目を向けると、真っ直ぐ問うてきた。

「南町奉行所の吟味方で本役与力をお勤めになっておられるという、笠置様というお方の為人《ひととなり》について、川田さんの知るところをお教えいただければと」

「吟味方本役与力の笠置様……」

思いもしなかった名が出てきて、川田は目を白黒させた。

「あまり、ご存知ではありませんか?」

祐沢はそう問うてきたが、落胆しているのかどうか、表情からは読み取れなかった。

「いえ、まあ。お役も違えば身分も異なっておりますので、そう詳しいことを存じ上げているわけではありませんが、ひととおりのことぐらいでしたら……。

　それで、北町の祐沢さんが、なぜ笠置様のことを？」

「ここだけの話にすると申しましたが、そのためにも川田さんは経緯《いきさつ》をお知りにならないほうがよいと存じます」

　あまりにも一方的な言い方に面喰《めんく》らった。が、怒りは湧《わ》いてこず、むしろ、どこかしら得体《えたい》の知れぬ不気味さがいや増すのを覚えていた。

「そういえば、今の祐沢さんのお役は隠密廻りでしたな」

　これに祐沢は、ただ頷くことで応える。

　──南の与力のことを、北の隠密廻りが調べる？　もしやただならぬ事態が⁉

　川田は内心、「とんでもないことに巻き込まれてしまったか」と身を震わせた。

　このときより十年以上前のことになるが、老中に抜擢《ばつてき》されて即座にその首座の地位を占めた松平定信は、寛政の改革と呼ばれる質素倹約《しつそけんやく》・綱紀粛正《こうきしゆくせい》を根本に置いた幕政の大転換に打って出た。この政策転換には八代将軍吉宗が行った享保の改革という手本があったが、定信はこの先例を超えて、武家だけでなく庶民にも厳しく質素倹約を求める政策を実施した。

が、上による突然の方針大転換に、下が即座についてこられるものではない。それが自身の生活に密着する事柄となれば、なおさらのことになる。

町方は町政を預かるのが仕事であることから、庶民に対し政策の実現を求める立場に置かれたが、その一方で、同じ理由から庶民がこの大転換に順応していくにはときが掛かり、下手な強制は反発を招くだけであることも理解していた。従って、直接民と触れ合う仕事に従事する町方役人の多くは、上がどれほど大上段に構えて旗を振ろうとも、現実に実行可能な手立てを相手の様子を見ながらゆるゆると進めて《無理なく浸透させて》いく方針を採ったのである。

しかしこれは、新政策を打ち出した定信らから見れば、裏切りに近い怠業行為であった。抵抗勢力が大奥《おおおく》を筆頭に江戸城内にも少なからず存在していたこともあって、城下で行われている手抜き行為を看過《かんか》するわけにはいかない。

定信らは、目付だけでなく同じ町方役人である隠密廻りまで使って、自身の政策の実現に消極的な町方役人の摘発《てきはつ》を行わせた。

隠密廻りが摘発するとなれば、自身と同じ町奉行所に所属する町方だけを対象にするとは限らない。いや、頻繁に顔を合わせ普段から親しく話をしている仲間《同僚》よりも、むしろ同じ町方役人でも直接には関わったことのない、別の町奉行所に所属する者を対象としたほうが、これから先《以後の役人生活》を考えてもずっとマシだと思う隠密廻りが出るのも当然のことだろう。

川田は、かつて自分が経験《見聞き》した状況を、まざまざと思い出していたのだ。

――あれが、また始まるってえのか？

川田は、目の前にいる無表情《ゆきざわ》な男が怖ろしくて堪《たま》らなくなった。だからであろうか、裄沢からは「何をどこまで話すかもお心のままに」と言われていたにもかかわらず、己の知っていることは隠し立てせず話してしまおうという心境になっていた。

六

「笠置様――笠置大三郎《だいざぶろう》様は、かつて南町奉行所の与力筆頭をお勤めになられた吟味方本役与力のお方が昨年の春に隠居なされたに伴い、吟味方の助役与力から本役与力へ登用されたお人です。助役時代にどのようなお裁きをなすっていたのかおいらは存じ上げませんが、それは裏を返せば、特に目立ったとか、御番所内で噂になるような振る舞いをお白洲でなすったことはない、ということになろうかと存じます。

で、吟味方本役与力になられてからですが――」

何か言いづらいことでもあるのか、川田はここで一拍置いた。裄沢がじっと見てくるだけなのに気圧《けお》されて、言葉を引き出されたように後を続ける。

「当御番所に今のお奉行である根岸肥前守《ねぎしひぜんのかみ》様が着任なされたのが、三年前の仲《ちゅう》冬《とう》（陰暦十一月）のころにござったか。根岸様は、長年に亘り公事方勘定奉行《くじかたかんじょうぶぎょう》（主に江戸府内を除く幕府直轄地での訴訟を取り扱うお役）をお勤めになってからの転任でしたが、それ以前にも勘定所《かんじょうしょ》に長く勤められ、評定所《ひょうじょうしょ》（寺社奉行、町奉行、勘定奉行などで構成される幕府の最高議決機関）の留役《とめやく》（現在でいうところの最高裁判所予審判事《よしんはんじ》）や勘定吟味役《かんじょうぎんみやく》（老中直属の監査官。勘定所関連業務全般についてのお目付役）などを歴任されたお方なれば、お白洲でのお裁きについて不慣れなところはいっさいござらなんだという評判です」

突然、川田が本筋から離れたことを口にし出したのへ、裄沢はわずかに目を見開いた。

「……どうも今のおっしゃりようからすると、笠置様の通常とは違ったなさりようが見逃されていることに、お奉行の根岸様が関わっているようにも受け取れてしまえそうですが」

　裄沢があえて笠置の不正が事実であるようなもの言いをしたところ、即座に反応した川田がそれを否定することはなかった。

「お奉行様が、笠置様のお振る舞いを後押ししているというようなことは決してございませぬぞ！」

　川田はそのように奉行の不正関与を強く否定したのだが、裄沢の関心は別なところにある。

「すると根岸様は、配下である吟味方のお裁きを掌握《しょうあく》するだけの余裕を、まだ持ってはおられないと？　――ですが、南町奉行へのご着任が三年前の十一月なれば、根岸様がお奉行にお成りになってからすでに二年半のときが経っているはずですが」

　川田は、躊躇《ためら》いながらも裄沢の疑問に頷いた。

「はい、確かにそのとおりです。通常なれば南町奉行所全般をしっかりご掌握なされていて当然なのですが、そこには少々特殊な事情がございまして」

「特殊な事情、ですか」

「それ以前の、先代、先々代のお奉行様がいずれも短期でお代わりになりましたので」

「ああ……」

根岸肥前守鎮衛《やすもり》の先々代の南町奉行は坂部能登守広高《さかべのとのかみひろたか》、先代は村上大学義礼《むらかみだいがくよしあや》である。坂部は大病で任に耐えなくなったのが理由であろうか一年余りで西丸留守居《にしのまるるすい》に転任。村上は丸二年を経たかどうかという短い間に死去していた。

短い間でも任期中しっかりその責務を果たしていたのならばまた別であろうものの、大病であれば在任中でありながら病床に伏していた間、死去であればさらに後任の選定期間中も含めて、実質的に奉行不在とならざるを得ない。そうすると、本来町奉行が担うはずの負担が全て与力の双肩《そうけん》に掛かってくることになる。

ちなみに町奉行と町方与力同心の橋渡しとなるべき内与力は旗本としての奉行個人の家来であり、主君である奉行が死去や転任となれば町奉行所から去る存在であるから、奉行《とのさま》が倒れて現職への復帰が望めそうにないとなれば、すぐに己とは関わりのなくなる町奉行所のことより、主家がこれからどうなるかのほうへ全面的に関心が移ってしまったとしても仕方がない面はある。

ここ数年の南町について、中がガタガタになっているというような噂を裄沢が耳にしたことはなかったが、北町奉行所《じぶんのところ》を振り返ってみればそれなりにゴタゴタは起こっていることからも、「程度の問題」で済んでいる限り外からは案外気づかれにくいものなのかもしれない。それでも、もし残された与力連中が他をそっち退《の》けに外面《そとづら》を保つことだけへ全力を注いでいたとするなら、内部の統制のほうには十分目が届かずに弛《ゆる》んでしまっていたとしても不思議ではなかった。

町方には私生活での南北の垣根がほとんどないという現状から考えると、北町に知られることなく外面を取り繕おうとしたなら、ごく少数の指導層《与力》のみによってかなり力を入れた隠蔽《いんぺい》が図られていたことになるはずだ。指導者がそんなことにかまけていたとすれば、内部統制はますます頼りないものになってしまっていただろう。

そしてそれが奉行一人だけのことならまだしも、二代立て続けに起こった後となると――内部の混乱や不正な手順の横行が相当程度まで至っていてもおかしくはないし、川田のような末端《平の同心》に気づかれるところまで事態が進んでしまっていたのかもしれない。

実際にどうだったのか裄沢の知るところではないが、たとえば一人目の坂部のときに箍《たが》がはずれかけたのを二人目の村上が問題視して、その修正に注力するよう与力たちへ厳命したところでその村上も倒れてしまったとすれば、坂部のときと同じく上のいない状況に陥《おちい》りながらいつ村上が復帰するかも判らぬために受けた命を疎《おろそ》かにもできず、内情はますます昏迷《こんめい》を深めたということもあり得た。その後を受けたのが勘定奉行で実務に手慣れた根岸であっても、本来の軌道に戻すまで相応にときが掛かってしまうのかもしれなかった。

根岸鎮衛は、市井《しせい》の噂話などを綴《つづ》った大部《たいぶ》の随筆集《ずいひつしゅう》である『耳嚢《みみぶくろ》』の著者として有名であるが、出自が臥煙《がえん》(公儀の消防組織である定火消《じょうびけし》所属の火消人足《ひけしにんそく》)であるとか、身体に彫り物《ほりもの》(刺青《いれずみ》)をしているとかいう噂が絶えない人物だった。下級官吏《かんり》から始めて旗本の頂点とも言われる町奉行にまで上り詰めた人物として世間の評判は高く、ざっくばらんで豪放磊落《ごうほうらいらく》な性格であったという。

先例を無視して実情に即したお裁きを下し、老中からお叱りを蒙《こうむ》ったなどという逸話《いつわ》を持っている一方で、お役の斡旋《あっせん》や罪科《ざいか》の軽減といった陳情に対し安請け合いとも思えるほどあっさりと引き受けていたという話もある。引き受けていながら実現しなさそうだと、「老齢で忘却することもある」と言い訳して逃《に》げを打《う》っていた《いた》とされる。

よく言えば鷹揚《おうよう》で細かいことにこだわらない、裏を返せばいい加減なところが少なからずあるように見える人物だったのであろう。そんな人物が自身もたいへんなときに、下の者へどれほど目配りできていたであろうか。放任主義で下に多くのことを委《ゆだ》ねる上司は平時であれば仕事がしやすい相手であろうが、一朝《いっちょう》ことあるときには強い指導力《リーダーシップ》を欠いて、内部の混乱を長引かせることに繋がりかねない――あるいはこのときの南町奉行所は、そういった状態にあったのかもしれなかった。

「……だとすると、お奉行が直接関わらない、あまり大きくないようなお裁きについては、そのお白洲を主導する吟味方与力に任せきりになって、他の者の目が行き届かないようなこともあり得たと」

そんな状況ならば、吟味方与力――それが本役与力となった者であればなおさら――奉行や先達である本役与力の目をほとんど気にすることなく、自身が主導するお白洲を意のままにできそうだ。

「他の本役与力の方々についても、お奉行に従って奉行所の中を本来あるべき姿へ戻すための余計なお仕事が積み重なっておるはずですので、あるいは自身の関わらないお裁きについては目の行き届かぬところも出ているやもしれません」

「……なるほど。今のお話で、おおよそのところは理解できたように思います――それで、実際笠置様が取り仕切られているお白洲についてですが、何か評判のようなものを耳にしていたりはしませんか」

「それは……」

さすがに、自分より上の身分の人物に関する悪い噂を他の御番所に属する者へ伝えることには、躊躇いがありそうだ。それは、当人が直接見知っていることではなく、単なる伝聞であるという事情も加わってのことであろう。さらには、甲斐原から聞き出したように、吟味方与力がお白洲で行う不正が外からそうだと見分けづらいように工夫されている、ということも理由の一つにはあるかもしれない。

俯いていた川田が、「そういえば」とポツリと切り出した。

「今当御番所で筆頭与力を勤めておられる年番方の首藤《しゅどう》様は、笠置様がお若いころの指導役だったそうで、今でも年番方に関わりある訴えについてはまずは笠置様が取り上げるかどうかをお決めになると聞いております」

「ほう、年番方に関する訴えと」

年番方は、現在の会社組織で言えば経理や人事、総務といった仕事を担当する部署であるから、ここへ向けての訴えが外部からなされるというのは珍しい。わざわざそんな話を持ち出したのは、南町の年番方にも何らかの疑念があるからかと話の続きを待ったのだが、川田が口にしたのはそれだけだった。

どうやら裄沢に話せることがなくなり、話の接《つ》ぎ穂《ほ》に困って持ち出してきただけらしい。

さらなる話題に窮《きゅう》する川田をじっと観察していた裄沢は、問えるのはここまでが限度であろうと見切りをつけた。

「川田さん、お忙しいところをお呼び立てし、たいへん申し訳ありませんでした。それがしの聞きたいことは、おおよそ聞けたように存じます。本当にありがとうございました」

「裄沢さん……」

「最初に申し上げたように、ここで伺った話はここだけのこととさせていただきます。それがしから、川田さんに何かを聞いたというような話が漏れることはありませんので、それはご心配なさらないでください」

「……裄沢さんはこのような話を聞いて、何をなさろうとしておられるのですか」

「それがしには、南町奉行所自体をどうこうしようなどという、大それたことは全く頭にありません。それは、ご心配なきよう」

――では、吟味方与力の笠置様だけが狙い？

川田の問い掛けるような目に、裄沢は落ち着いた表情で続ける。

「これも最初に申し上げたことですが、この場だけの話にするためにも、川田さんはこれ以上は関わり合いにならないほうがよろしいかと存じます。呼びつけておいて勝手なもの言いを致しますが、どうかご寛恕《かんじょ》いただければと」

「……そうですか」

裄沢が間を置く態度を崩そうとしないのを見て、川田は追及を諦めた。すると、もともと居心地があまりよくなかったこの場が、いつまでも己の居るべきところではない気がしてくる。

裄沢が求めた本日の主題となる話を終えて早々、雑談に移るでもなく、川田は暇《いとま》を告げて裄沢の組屋敷を辞去したのだった。

七

川田が去った後も、裄沢はすぐに吉原の面番所へ向かおうとはせず、しばらく己の屋敷の居間兼客間としている座敷で考えに耽《ふけ》った。

下働きの茂助が顔を出して、客の去った後片付けをするとともに裄沢には替えのお茶を置いていったが、そのことにもほとんど意識を向けることなく、これからどうすべきかずっと思案し続けた。

――甲斐原様から伺った話に先ほどの川田さんから聞いた実情を加えて考察すれば、錦堂が覚えた懸念をただの杞憂《きゆう》と断ずることはできなくなった。

お白洲に呼び出された錦堂らが、それなりの金を払えばすんなり筋の通ったお裁きが下されると思ったなら、多少出費が嵩《かさ》んだとしても「これも世の倣《なら》い」と割り切って、暗に示される求めに淡々と応じていたであろう。

しかし、錦堂らは笠置と直に相対《あいたい》して、「そうならぬのでは」という不安を覚えた。そこには、以前から知る笠置の評判や当日自分らに対して取った態度だけでなく、同じお白洲の場に立ち会ったこたびの公事の訴人である橘屋の縁者という男から受けた印象、そして笠置がその橘屋の縁者《そにん》へ見せた振る舞いから感じたものを、ひっくるめて判断したことだと思われる。

訴人にしろ訴えられたほうにしろ、お白洲の場を取り仕切る吟味方与力に陰で金を渡そうとした場合、その額には当然、それなりの限度というものがある。それを超えた額を支払って勝ったところで手許に何も残らないのでは意味がないし、それ以前に払うほう受け取るほうの双方が「陰でのやり取りだ」と認識していることからくる「常識的な限度額」が存在するからだ。

しかしこたびの場合、もし訴人のほうを勝たせたなら、長期に亘る返済期間で生じた利息が上乗せされるため、その額は通常ではあり得ぬほどに膨大《ぼうだい》なものとなる。しかもその際には当然元金も払い直しとなるため、額はさらに加算される。

訴人がそうした考えに基づき笠置に「勝ったときの成功報酬《ほうしゅう》」を提示し、笠置がこれを受けていたなら——笠置が受け取れる額は、お白洲の場を天秤《てんびん》に掛けて双方から受け取る額を遥《はる》かに超えるものとなろう。

訴人である橘屋の縁者にしてみれば、もともと手に入るはずのなかった泡銭《あぶくぜに》、ならば総額の半分ほどでも手許に残れば大儲けなのだ。

錦堂らが不安に思ったのは、こうしたことであったと思われる。

通常であれば、これだけ理非《りひ》のはっきりした訴えで、吟味方が理屈の通らぬほうに勝ちを認めることはない。甲斐原が言ったように、そんな明らかな不正は世に噂が広まりやすく、自身の身を損なう結果になりかねないからだ。

しかし、こたびの状況はどうか。成功した場合に手にできる金は賭けに出るだけの価値があると思わせるほどであろうし、現在の南町の有りようでは、笠置を止める者も、その不正を監視する立場の者も、実質機能していないように思われる。笠置が最後の一線を越えるのを思い留まらせるだけの力が、働いてはいなさそうに見えるのだ。

――ならば、錦堂らの懸念は現実のものとなる前提で、これからのことを考えていくべきであろう。

では、具体的にどうするか。

これが北町奉行所の吟味方に関わる不正であれば、以前、当時吟味方であった瀬尾に逆らったように、迷うことなく自身の存念に従って行動を起こしていただろう。もっとも、親方の坂口や甲斐原がきちんと目配りしている今の北町の吟味方でそうそう不正などが行われるとは思えないし、もし行われていたとしても、甲斐原にそれとなく伝えるだけであっさり解決してしまうだろうが。

しかし、こたびの一件は南町で進行している。

北町の同心である己が南町の仕事ぶりに口を差し挟めば、それ自体が正しい指摘かどうかという前に、領分違いのことへ余計な手を出したとして南町全体から――少なくとも、そのうちの少なくない者たちから――己自身だけではなく北町そのものが敵視される結果を生むかもしれない。

己への処分がどう下されようともそれは構わないが、このことで南北の連携に支障が出るようなことになれば、町政全体という観点からするとより大きな損失になり得る。錦堂の憂慮《ゆうりよ》を払拭《ふっしょく》してやることで生まれる利益は一つの町のいくつかの商家に関わるだけに留まるが、たとえごく一部であっても南北の町奉行所が互いに啀《いが》み合《あ》うようになれば、最悪江戸の町家全体に影響が及んでしまうのだ。

そうである以上、「なるかもしれない、いや、ならないかもしれない」というだけだから断行してしまおう」、などと軽々《けいけい》に判断はできない。

それに、単に錦堂が関わる一件について笠置をやり込めるような形を取ったとして、いっときは錦堂らの憂慮は晴れるかもしれないが、その後の南町の笠置《》らの考え方次第では、恨みの矛先《ほこさき》が実際に手を出したこちらへは向かずに、錦堂らのほうへ向いてしまうかもしれない。

もしそうなったら、いくら衎沢が気に掛けていたとしても、自身が近くにも寄れない場所《南町の中》で企てが進むからには、どうしても対処が立ち後れてしまうという懸念が生ずることになる。

これでは、相談を受けての解決を、十分になし遂げたことにはならない。何もしないほうがよかったとしか評せないような結果を生じさせてしまったなら、これから自分がやろうとしていることは、独りよがりの害悪でしかないことになるのだ。

このごろは、人に頼られると同時に自分も人に頼ることが少しずつできてきているように思えるが、こたびばかりは己一人で最後までやらねばならないと思い定めていた。もし誰かを巻き込めば、南北の町奉行所が仲違《なかたが》いをすることになった責任を、その者にまで負わせることになりかねないのだから。

それでも、実際の手出しは躊躇《ためら》わざるを得ないような状況であることを、改めて思い知ったのだった。

その後裄沢は錦堂に渡りをつけ、直接会ってこたびの一件におけるお白洲の場での詳細を聞き、またすでに支払い済みであることを記《しる》した受取証文の写し（現物は南町奉行所へ提出済み）を見せてもらった。

お白洲の下調べやお裁きの下書きなどに携わる用部屋手附同心を数年の間勤めた経験のある裄沢から見ても、この一件は明白に訴人側の負けであると判断できた。

裄沢は、手にした写しから目を上げて錦堂庄右衛門へ問うた。

「して錦堂どの。南町の吟味方与力には、すでに金を渡し済みでありましょうや」

「……いえ。裄沢様にご相談申し上げる前に開かれたのが初めてのお白洲で、先方の言いようから暗に金を求められているなとは思いましたものの、その場では用意もしておりませず渡す機会もございませんでしたので。おそらく先方も、次回のお白洲の期日前あたりで渡してくるものと考えていようかと存じます」

前回のお白洲の場へ出てから、錦堂は吟味方与力の笠置についてその為人を調べた上で、裄沢に相談を持ち掛けてよいか備前屋へ話をし、色よい返事はもらえなかったものの思い余って裄沢を呼び出したということのようだった。

「それでは、次のお白洲がいつ開かれるかはもう決まっていましょうか」

「はい。つい先日、お呼び出しの期日が報《しら》されて参りました」

そう言った庄右衛門は次回のお白洲の日取りを裄沢に告げた。

聞いた裄沢はしばらく目を瞑《つむ》って考え込んだ後、顔を上げて庄右衛門を真っ直ぐに見た。

「錦堂どの。本日お呼び立てしたのは、これまでのお白洲の様子を聞かんとしたがためにござったが、もう一つ、それがしでできる調べをひととおり終えましたので、その報告という意味もござった」

裄沢はそう前置きして、これまで自身が調べ得たことを前提に考えを話していった。

仮に裄沢が橘屋の一件で笠置を告発するなどしても、南町奉行所が笠置を庇《かば》い立《だ》てし、あるいは御番所の醜聞《しゅうぶん》の隠蔽《いんぺい》を謀《はか》って取り上げない、無視するといった態度を取れば、状況の打開は難しいこと。もしそうなった場合、逆に錦堂や橘屋の倅らへ笠置から何らかの報復がなされる懸念まであること。

もし笠置へ賄賂《わいろ》を贈って正しいお裁きを求めても、錦堂が懸念しているとおり、笠置の存念次第ではより大きな利益を得んとして、訴人である橘屋の縁者の肩を持ちお裁きを捻《ね》じ曲《ま》げるという疑いが拭《ぬぐ》いきれないこと。そうなった場合には、錦堂らも笠置に賄賂を贈って《不正に手を染めて》いるという事実が、後に何らかの手段で正しい判断を求めたときに、却《かえ》って自分たちの足枷《あしかせ》になってしまいかねないこと。

裄沢の淡々とした説明を聞いて、錦堂は「判っていたこととは申せ、八方塞《はっぽうふさ》がりにございますな」と眉間《みけん》に皺《しわ》を寄せた。

「こんな話しかできずに落胆されたことと思う。真に申し訳ござらぬ」

裄沢は、己の力不足を素直に認めて頭を下げた。

「いえ、もともと無理を承知で話をお聞き願ったのはこちらにございます。さようなことでお手を煩わせ、お詫びせねばならぬのは手前どものほう。裄沢様には、手前どもの勝手なもの言いで、いろいろとご苦労をお掛け致しました。ここまでやっていただけただけでもう十分にございます。本当にありがとうございました」

錦堂はこのような話になることを覚悟していたか、気落ちした様子を全く見せることなく感謝を述べて頭を下げ返してきた。

その態度を見て、裄沢は問いを投げかける。

「で、これからどうなさるおつもりか」

「さようにございますな――金を出して確かに公事の勝ちが得られるならそう致しますが……」

「おそらく笠置様は、公事をどう捌《さば》くかについて、錦堂どのらに言質《げんち》を取らせるようなまねは致しますまい。また、もし錦堂どのらへ有利になるようなもの言いを匂わせたとしても、それがしならば信用できるとは判断致しませぬな」

「……裄沢様のおっしゃるとおりにございましょうな。手前どもがお白洲で笠置様より受けた印象も、裄沢様から言われたこととぴったり符合しておりますし。

他の者と相談した上ではございますが、手前としては、これからどうするかはもう決まったも同然だと思っております――我らも商人。なれば、儲かるかどうか全く不確かなものに、鐚《びた》一文支払うつもりはございません」

錦堂は、裄沢の目を真っ直ぐに見てきっぱりと断言した。


それから錦堂らが訴えられた公事について二度目のお白洲が開かれ、錦堂らは自分たちの正当性について堂々と主張した。これについて、お白洲の場で笠置が錦堂らへ特に異例な発言をしたようなことはなかったが、その日のお白洲を閉じるにあたって、「次回にはおそらくお裁きを下すことになる」と述べた際は、どこか不満げな様子を見せていた。

三回目の――そしておそらくはこたびの公事について最後となる――お白洲が開かれる前に、月が変わった。通常のお白洲の進行よりいくぶん遅いようにも思われたが、笠置が何かを待っていたがためにそうしたのかどうか、錦堂らには判断する手掛かり一つなかった。ともかく錦堂らは、次のお白洲が開かれる日まで淡々と日々を過ごしていった。

その間、裄沢が何をやっていたかといえば、月が変わるまでは吉原での面番所の立ち番を真面目に勤め、非番の日は雨の合間を縫ってほとんど外出をしていたらしい。

月が明けて北町奉行所が非番月《ひばんづき》になってからは外出《それ》が毎日のことになったが、以前のような「市中の有りようを憶え直す」ための町歩きではなく、日暮里《にっぽり》や巣鴨《すがも》、あるいは川向こうの向島といった鄙《ひな》びた土地へ、なぜか足を向けることが多かったようだ。

八

そして、錦堂らの三度目のお白洲――。

「それでは、お裁きを申し渡す」

お白洲の白砂に敷き延べられた筵《むしろ》の上で、訴人である橘屋の縁者と、錦堂ら相手方の皆が平伏している中、頭上から声が発せられた。

「こたびの公事《くじ》については、訴人の訴えるところもっともなり。よって、相手方には借用証文に記載された借り入れの期日より今日までの利息を含め、全額を訴人に支払うよう申し渡す」

「へ、へいっ。ありがとうございまする」

錦堂らの脇から、橘屋の縁者の喜びの声が上がる。錦堂らは、表情を変えることなくただ頭を下げ続けていた。

「相手方のうちどこがどれだけ負担するかは相手方の者らの相談に任すが、それぞれの支払いを合わせた額が支払うべき全額にきちんと達すること、くれぐれも誤りのないように申し渡しておく」

笠置が橘屋の遺児《いじ》と錦堂らの負担の割合まで言及しなかったのは、面倒を避けただけかもしれないが、これで仲間割れが起きてまた公事となれば、今度こそ裏金が手に入ると皮算用《かわざんよう》してのことかもしれない。

「これにて一件落着とする——本日のお白洲はこれまで」

笠置が宣言し、立ち上がると平伏している者らには見向きもせずに背を見せて詮議所の奥へと消えていった。

一段深く頭を下げた錦堂らは、蹲《つくば》い同心の「一同の者、立ちませい！」との声を合図に立ち上がり、お白洲から退出するため歩み出した。

「お気の毒様ですが、御番所のご判断ですから。支払いは、お早めにお願いしますよ」

勝ち誇った顔の訴人が、錦堂らに足早に追い着いて告げるとそのまま抜き去っていった。笠置も呼ぶのかどうか、これから宴席を開いて祝杯でも挙げるのであろう。

「やはりこのようになりましたか——錦堂さん、どうなさいます」

錦堂とともに橘屋の遺児の後ろ楯となり、お白洲の場にも臨んだ商人の一人が問い掛けてきた。

「ともかく、本日のお裁きの結果をお知らせしてからですな」

深刻な顔の問い掛けに対し、錦堂庄右衛門は全く表情を変えることなく返した。


どのようなお裁きが下るにせよ結果はその日のうちに裄沢へ知らせることになっていたため、錦堂の主庄右衛門は、皆と別れて小舟町の料理茶屋へと一人足を運んだ。いくぶんか遅れて、裄沢も顔を出す。

庄右衛門は、本日のお白洲であったことを淡々と述べた。

「そうですか……」

裄沢も、感情を表に出すことなく報告を聞き取った。

「これまでいろいろとお心配《こころくば》りをいただきましたが、残念なことになりました。ですが、それも覚悟の上。あったことはあったことと受け止めて、以後の対処を皆と相談しながら進めて参ろうと存じます」

庄右衛門は、裄沢を非難する言葉一つ吐くことなく、自身の存念を述べた。

町奉行所が行うお裁きは、現代の言葉で表せば一審制である。一度下された判断は、まず覆《くつがえ》ることはないと言ってよい。

これが現地では得心できる結果が得られなかったとして、江戸まで訴えに出てきた村方の公事だと、一度では収まらずに何度も訴えを繰り返すということもなされたが、江戸市中の者、しかも商売を営んでいたり職人として真っ当に働いているような者だと、そこまで執着することはほとんどなかった。

やっても町奉行所《おかみ》の判断は変わらないと知っているし、お白洲を取り仕切っているのが自分たちを直接治める立場の人々《町奉行所の役人》であるからには、目的の公事以外のところでどんな不利益を蒙ることになるか判らないからである。これが同じ町人でも破落戸《ごろつき》や偏屈者などだと違った態度に出る人物もいるのだが、つい最近そのようなことをして町方の手を煩わせ、ついには召し捕られた者がいたことも風の噂に流れたばかりだ。

つまり庄右衛門は、こたびの公事については全く不満であってもスッパリと諦め、今後どう対処していくかのほうへと己の思考を完全に切り替えたのだった。

そうした相手の様子を確かめ、裄沢はしっかりと頭を下げた。

「お力になれず申し訳ない」

「およしくださいませ。裄沢様、どうかお直りを——手前が持ち込んだ話が無理筋だったのは、最初から判っていたことにございます。なれば、このようにいろいろと手を尽くしてくださり、お心を傾けてくださっただけで十分にございますれば。

　裄沢様、手前どもの無茶な相談に嫌な顔一つなさらず、ここまでいろいろとしてくださったこと、本当にありがとうございました。このとおり、伏して御礼申し上げます。こたびのような無理を口にすることはもう二度とございませんので、できますればこれでお見限りにならず、また手前どもよりお話を差し上げる機会をいただければ幸いに存じます」

　庄右衛門は、何の役にも立たなかった裄沢を、これで切り捨てるようなことはしないと言ってくれたのだった。

「さようですか。無力なそれがしに、ありがたいお言葉です――こたび同様、どこまでお力になれるか甚だ心許《こころもと》なくはありましょうが、どのようなことでもお気遣いなさらずお知らせいただければと存じます」

　労多くして益など出ないだろうと最初から判っていた相談ごとを持ち掛けたのへきちんと対応してくれたばかりでなく、全く恩に着せる素振《そぶ》りもなく今後とも助力をすると裄沢が言ってくれたことに、庄右衛門は大いに安堵《あんど》すると同時に信頼を深めた。が、裄沢の言葉にはまだ続きがあった。

「錦堂どの。このように頼りない相談相手ではあるが、今ひとつ助言を聞いてはもらえぬだろうか」

「と、おっしゃいますのは？」

これで話は終わりだとばかり思っていた庄右衛門は、驚いて問い返した。

「こたびの訴人である橘屋の縁者への支払いについてだが、誰がどこまで負担するか仲間内の調整がつかぬとして、しばし引き延ばしてもらいたい」

結果が出たからには、スッパリと始末をつけて今後のことを考えようと決意していた庄右衛門にとっては、水を注《さ》されたような願いごとである。

「……なぜにそのようなことを、とお訊きしてもよろしいでしょうか」

「おそらく一度出たお裁きが見直されることはないと思うが、それも絶対ではないような気がしてな」

「…………」

――裄沢様なれば、無理矢理にも前を向こうとしているこちらの気持ちが判らぬはずはあるまい。では、かくのごとく肚を決めた我らの腰を折るような今のもの言いは、どんな意図から口にされたものなのか。

庄右衛門は言葉が見つからず、「裄沢様――」と呼び掛けたところで口を閉ざしてしまった。

その様子から内心を察してくれたのであろう、裄沢は言葉を足した。

「南町奉行所吟味方本役与力の笠置様には、おそらくこれより、何らかの疑いが掛かる。それがどこまで広がるかは判らぬし、そなたらの公事のことにまで及ぶかも不明だが、全く期待が持てぬとまでは考えておらぬ」

「裄沢様、まさかそれは――」

「勘違いなさるな。疑いが掛かるだろうとは言っても、それはそなたらの公事のことではない――真っ直ぐそなたらの公事について問題として取り上げられたのでは、以前に申し上げたように、後々そなたらにどこぞから逆恨《さかうら》みの仕返しがなされるやもしれぬしな」

――確かにそうした話は聞いている。しかし、今この場で蒸し返されたということは、それは……。

庄右衛門が問いを発しようとしたところで、また裄沢に言葉を被《かぶ》せられた。

「これより起こることは、そなたらとは全く関わりがない。これから何を耳にしようとも、錦堂どのらはいっさい与《あずか》り知《し》らぬこと――よろしいな」

裄沢は、反論は許さぬという強い目で庄右衛門を見つめていた。

南町奉行所吟味方本役与力の笠置は、公事の訴人である橘屋の縁者から持ち掛けられた話に乗ったばかりでなく、その公事の相手方となる錦堂らへお裁きを有利にもっていくため必要になると思わせて、暗に賄賂を要求した。ところが深川でも有数の商人である錦堂らは、笠置の意向を把握していないはずはないのに、気づかぬふりをしていっさい無視してきた。

これが笠置の怒りに火を点《つ》けた。訴人の勝ちはあらかじめ決めていたものの、借金の返済額については、錦堂らから贈られてくるはずの賄《まいない》の額によって手心を加えてやるつもりはあった。

が、その厚意を拒絶してきたからには、こちらから歩み寄ってやる必要はない。借用証文の全額に加えられるだけの利息を全て上乗せして払うよう、お裁きを下してやった。こうなったのは全て、錦堂らの心得違いが原因である。

ただし、ここまで厳しい処断を下したからには、もうこれ以上手出しをするつもりは笠置にはなかった。もしさらに何らかの形で圧力を加えるようなことをして、万が一にも反発した錦堂らが暴挙《ぼうきょ》に出るようなことにでもなれば、まさか共倒れとまではいかないまでも、こちらも多少は火傷《やけど》をするぐらいの懼《おそ》れはあるからだ。

と、いうぐらいには、自分もこたびの公事では無理をしたという自覚が、笠置にもあったのだった。すなわちお裁きを下したところで、笠置は打つべき手を全て打ち終えたことになる。

ならば今度は、こちらの手番であった。

九

笠置が年番方与力の首藤から呼びつけられたのはあまりに突然で、思いも寄らぬことであった。首藤は、今の南町奉行所で与力全体を取り纏める——ということは、南町奉行所の与力同心全体を導く立場となる、筆頭与力である。

「御免——お呼びと聞き、参上仕《つかまつ》りました」

年番部屋へ赴いた笠置は、入り口でひと声掛けた後、目当ての首藤が部屋にいるのを確認して足を向けた。

同じ与力とはいえ首藤は南町の筆頭。しかも、笠置が若いころには直接親身に指導をしてくれた大先達である。笠置は尊大な男ながら、敵に回すと具合が悪い相手にへりくだるのを躊躇うことはない。

笠置が近づいてくるのに気づいて「おお、参ったか」と口にした首藤は、目の前に立った相手をジロリと睨《にら》み上げる。

どうやらあまりご機嫌はよろしくないようだと思いながらも、笠置は落ち着いた態度で首藤の前で膝を折った。

「して、御用の向きは」

じっと笠置を見ていた首藤が、表情を変えぬまま応じた。

「北町からお奉行宛で、文が届けられたそうな」

「ほう、北町奉行所《きたのごばんしょ》からでございますか」

「向こうの奉行所からの通達や連絡ではない。北町の同心からお奉行名指しで出された書状じゃ」

「！　なんと僭越《せんえつ》なことを。して、どうなされましたので」

「北町奉行所の隠密廻りを勤める裄沢と名乗った男が、与力番所《よりきばんしょ》へ文を携《たずさ》えて自らやってきおったと申す。町方装束を身に着けた者が『南町のお奉行様への文である』と差し出してきた物を、受け取らぬわけにはいかぬ。そこで当番与力が受け取った物を、内与力の灰田《はいだ》殿に渡したそうな」

与力番所は、外役《そとやく》与力（外勤主体の部署を取り纏める立場にある与力たちの総称）などの詰所であると同時に、外部から重要案件で訪ねてきた者に対する窓口でもある。若手の与力を中心に、交替でこの受け付け業務にあたる者を当番与力と称した。

「して、それをどうなされたので？」

「まさかご老中などのお上の重臣でもない者からの文、そのままお奉行に渡すわけにもいかぬゆえ、灰田殿が中身を確認なされた」

「それで？　書状の中身は」

首藤は一拍空け、笠置をまじまじと見据えたまま返答する。

「まあ、いろいろと飾り立てた言い回しをしておったが、要は南町に対する訴状よ」

「北町の同心が、南町へ公事を願い出たと⁉」

驚いた笠置に、首藤は首を振る。

「そうではない。南町のやりように懸念があるゆえ、お調べ願いたいと」

「！　まさか、同じ町方の振る舞いをその上役へ告げ口するようなことを⁉」

そう憤《いきどお》った笠置を、首藤はじっと見てくる。

その視線に怒りが含まれているのを感じて、笠置は秘かに冷や汗を流した。最近己が、十分告発されるだけのことをしているとの自覚があったからだ。

――まさか、橘屋の借用証文の一件を……。

焦りを覚えている笠置へ、首藤はおもむろに言った。

「訴えの中身は、岡鳥問屋《おかどりどんや》がことよ」

岡鳥問屋は、将軍家や大名家が飼う鷹狩《たかが》り用の鷹の餌《えさ》とする、雀《すずめ》や鳩《はと》などの小鳥(餌鳥《えとり》という)を納める商家である。

武家において狩りは軍事演習の意味合いも持つが、わけても鷹狩りは身分の高い者の素養《そよう》として、活動的な殿様や若君といった人々に特に好まれた。幕府も、五代将軍綱吉が生類憐《しょうるいあわれ》みの令を発布した時期は例外として、諸侯へ推奨する立場を取るとともに将軍側近の御小納戸《おこなんど》に御鷹方《おたかがた》のお役を設けるなどしている。この物語当時の将軍である十一代家斉《いえなり》も、何度も鷹狩りを行ったという記録が残っている。

この商家である岡鳥問屋に雇われて、実際に餌鳥を捕獲する者も当然庶民であったが、幕府や大名家、大身旗本といった権威ある武家の必需品を調達する仕事であったため、横暴な振る舞いに及ぶことが少なからずあった。

小鳥を捕獲する場としては江戸の市中からはずれた郊外が選ばれたが、他人の畑を踏み荒らし作物を駄目にしたり、垣根《かきね》として植えられた木を踏み折ったりなどしても、気にも留めない傍若無人《ぼうじゃくぶじん》ぶりが見られたのである。百姓からの抗議がなされた場合も、岡鳥問屋もその雇われ人もまともに相手にしないことが通例だったのだ。

「ただそれだけのことに……」

首藤から聞かされた書状の内容に、笠置は呆れ返った。

こうしたお上の威光を笠に着たような振る舞いは、幕臣の中にもよく見られることであった。

たとえば江戸城の賄方《まかないかた》は、大奥をはじめお城で消費される魚を魚河岸から、野菜類を青物市場から調達するのだが、不当な安値で大量に買いつけ余剰分を横流しして小遣いを稼いだり、そうした市場の商人を脅して金をせしめたりという行為が横行しているのは、関係者の間ではよく知られたことだった。

こうした魚河岸や青物市場、また岡鳥問屋が兼任として付託《ふたく》される御鷹餌鳥請《おたかえとりうけ》負人《おいにん》の横暴を監視するお役として、南町奉行所には組織上、御肴青物御鷹餌鳥《おさかなあおものおたかえとり》掛《がかり》が置かれたが、これは年番方の兼務とされていた。

――よかった。橘屋のお裁きの話じゃなかったか。

自身に降り掛かる問題ではなさそうなことに、笠置は安堵した。が、その他人《ひと》事《ごと》のような笠置の反応に、首藤は強い言葉を発する。

「『それだけのこと』ではないぞ。そなたには、こうした抗議がなされたときの対処を任せておったはずだが、このような事態を引き起こしておいて、ただ呆れておるだけで済むと思うておるのか！」

「いや、それは……」

確かに、以前そのようなことを頼まれていた気はする。こうした訴えが起こされたとき、取り上げてお白洲に掛けるかどうかを判断するのは吟味方の仕事のうちだから、首藤はかつて自分が世話をした笠置に頼んできたのであろう。

それを放置していたと言われたなら、安請け合いをしながら気にも掛けずに放り出していたことは間違いない。

しかし、こうした横暴な振る舞いは今に始まったことではなく、昔から連綿《れんめん》と続いてきたことであって、やられるほうも「いつものこと」と諦めているような状況がある。それが急に持ち出されるなど、首藤だって思ってもいなかったはずだ。

そうした思いが表情から伝わったのか、首藤はさらに言い募《つの》ってきた。

「その北町の同心の訴えだがの、この年番方が兼務する御肴青物御鷹餌鳥掛の怠《たい》慢《まん》を非難しておるわけではないぞ」

「？　では何を」

「そうした訴えがなされても、全く動こうともせぬ南町奉行所の有りようをどうにかすべきでは、ということのようじゃ——つまり突き詰めれば、百姓どもから苦情が上がっても放置しておったそなたが槍玉《やりだま》に挙がっておるということになろうよな」

「！　そんな……」

笠置は啞然《あぜん》とし、ついで次第に怒りが湧き上がってきた。

こうした悪弊《あくへい》は以前からずっと続いてきているし、ときに是正《ぜせい》の勧告をしても無視されるか、あるいはいったんは収まってもまたすぐに元に戻ってしまうのが常だった。

特に賄方についてはは同じ幕臣であり、中には「自分らは武家であるのに庶民相手の町方に指図される憶えはない」との矜持《きょうじ》の高い考えを持つ者までいる。なにしろ町方は、他の幕臣から一段低く見られる「不浄役人」なのだから。

町方による管理監督に反発を覚える者が、魚や青物を調達する賄方本人ならまだしも、その上役、しかも相当上の立場にある者であった場合——地位の高い者ほどそうした傾向にあるのだが——逆捻《さかね》じを喰らわせる格好で苦情を寄せてくる先がお奉行になるということもあって、下手に勧告などを出してしまうと町方役人のほうが対処に困ることになるのだった。

ただし、岡鳥問屋もその雇われ人も身分《じぶん》は町人だから、町方としては賄方に対するときほどに気を遣う必要はない。その一方で、餌鳥を捕獲する現場はほとんどが江戸の郊外、町方の管轄か勘定奉行配下の代官所の受け持ちかも曖昧《あいまい》な場所であり、苦情を申し述べてくるのはただの百姓だから、軽視して放置しがちになっているという状況はあった。

——そういや、つい先日もそんな訴えがあったのを放《ほ》っぽっておいたっけな。

そんなことを思い出して尻の据わりの悪さを感じ始めた笠置は、自分の立場なら当然の言い分をいったん脇に措《お》いて、旗色の悪さを挽回《ばんかい》しようと頭を巡らせた。

——問題の大因《おおもと》は、御肴青物御鷹餌鳥掛を兼務する年番方にあるはずなのに、その矛先を逸らそうとこっちへ対応を振ってきてやがる。けどそうなったについては、お奉行へ厚かましくもものぉ言ってきた、裄沢とかいう勘違い野郎の余計な出しゃばりがあったからだ。

見たこともない北町の同心への怒りがまた湧き上がってくるが、ひとまずそれは押さえ込む。

──首藤さんがこっちに責任転嫁《せきにんてんか》しようってえなら、巻き込み返しゃあいいか。

そこでどう論を展開していくか考えながら、笠置は口を開いた。

「首藤様。そもそも、北町の同心が南町奉行所のやりようへ厚かましくも差《さ》し出《で》口《ぐち》をしてきたことこそ僭越至極《しごく》、大きな問題でございましょう。

賄方や御鷹餌鳥請負人らの横暴は今に始まったことではなく、これまでも多少のことは看過《かんか》せざるを得ないとされてきたことではありませぬか。それを大袈裟に取り立ててものを言ってくるなど、しかも直接お奉行様相手にでございますぞ。非難されるべきがどちらかは、明らかなことだと存じますが」

「うむ……そなたの申すことももっともではあるが」

「では、我らはいかにすべきでございましょうや。幸いにも向こうはただの同心一人。そやつがどれだけ傲慢《ごうまん》で無分別なことをしたかを、南町の総意として北町《向こう》へ伝えてやるべきではありませぬか」

「南町の総意として……」

「これだけのことをしでかすような相手。そこまでやらねば、己がどれだけたいへんなことに手を出したかもしっかり理解は致しますまい。

無論のこと、南町の総意として言ってやるからには、首藤様にもお手数をお掛けすることとはなりますが——我らの筆頭与力たるあなた様に、音頭取りをお願い致さねばなりませぬ」

そう焚《た》き付《つ》けられた首藤は、ううむと唸《うな》って腕組みをし、考え込んでしまった。

——こいで、おいらに尻拭いをさせようって首藤様の目論見《もくろみ》はひっくり返せたな。さぁ後はおいらのために、裄沢とやらいう同心へ、せいぜい頑張って意趣返《いしゅがえ》ししてくれや。

考え込む首藤を見ながら、笠置は顔には出さぬように気分を浮上させつつ、そんなことを頭に思い浮かべていた。

十

南町奉行所へ自身の書状を届けた裄沢は、その足で北町奉行所へ立ち帰ると奉行の小田切土佐守直年《おだぎりとさのかみなおとし》に面謁《めんえつ》を願い出た。登城中も奉行所に戻っても多忙を極める小田切だが、願いは裄沢の予測よりもずいぶんと早く聞き届けられた。

面謁の場所として、奉行が町奉行所内の業務を行うための御用部屋ではなく、幕閣の一員として、あるいは旗本家当主としての仕事を主に行う内座《ないざ》の間《ま》が指定されたのは、他聞《たぶん》を憚りそうだとの配慮があってのことだろう。

「裄沢、参りましてございます」

襖の外から声を掛けると、中から「入れ」と応答があった。「失礼致します」ともうひと声掛けてから襖の引手へ手を伸ばす。

座敷の中にいたのは、今日はお奉行と唐家の二人であった。

「そなたから話がしたいと望まれるとは、珍しいこともあるものじゃ――まあ、座れ」

何かの書き物をしていた小田切は、手許に目をやったまま穏やかな声で言った。

「お忙しい中お手を煩わせまして、申し訳ございません」

裄沢が畳に手をついて頭を下げると、ようやく小田切は手を止めて視線を向ける。

「して、どのような話じゃ」

「は。つい先ほど南町奉行所へ参りまして、それがしの名でお奉行の根岸様宛に書状を出して参りました」

「なっ！」

裄沢の突飛《とっぴ》な行動にもようやく慣れてきて、今日はできるだけ聞き役に徹しようと考えていた唐家だったが、あまりにも突拍子《とっぴょうし》のない言葉に思わず声を上げてしまった。

それには構わず、裄沢は己がどのようなことを書いた物を届けてきたのかを、淡々と奉行に説明する。

小田切は、最初のみ驚いた顔をしたものの、後は途中で言葉を差し挟むことなくじっと裄沢の話を聞いていた。

「その書状の中身はと申しますれば、実際の餌鳥を捕獲する者の横暴を止めきれぬことは理解できても、それで虐《しいた》げられる者の不満をずっと放置したままにしておくのはお役目上の過怠《かたい》。それ《そ》を取り上げるべき吟味方の仕事ぶりについて、どうか見直しをと求めましてございます」

呆れた行状《ぎょうじょう》が目の前で告白されたにもかかわらず、小田切は怒り出すことなく冷静に問い掛ける。

「して、なぜそのようなことを」

「はい、書状にも書きましたとおり、狙いは吟味方。わけても実際に村方より起こされた訴えを放置した、南町奉行所吟味方本役与力の笠置様というお方にございます」

「……その方《ほう》のことだ。まさか、餌鳥の件だけで笠置という与力を糾弾せんとしたわけではなかろう」

「仰《おお》せのとおりにございます。笠置様は、お白洲にてかようなお裁きを下されておりまして――」

と前置きして、裄沢は橘屋の一件に関わり笠置がお白洲で下した裁きについて詳細を述べた。

「まさか、南町でさほどに酷《ひど》いお裁きがなされておると？」

唐家は信じられずに思わず問い返した。その返事を待たず、小田切がさらなる問いを発する。

「そなたの書状でも南町が動かぬときは、どうするつもりじゃ」

「はい。出した書状の最後には、『もしお取り上げなくばお目付へ訴えることもあり得る』との文言も付け足しております。動かぬときは、それを実行に移すまで」

あまりのことに唐家は「なんと……」と呟くばかりである。

小田切は、鋭い目で裄沢を見やる。

「その橘屋なる蒲団屋の、見世仕舞いのため後始末を手伝った中に、錦堂という商家がおって、お白洲の場でも訴えられた側に含まれておったと申したな――錦堂とは、そなたが来合の代わりに定町廻りをやっておったときに関わった、あの見世か」

「さようにございます」

堪《こら》えきれなくなった唐家が、再び口を挟む。

「その錦堂なる見世とそなたにどのような関わり合いがあるかは知らぬが、そこまでのことをしてそなた自身がどうなるか、判らぬわけではあるまい」

「無論承知のことゆえ、かようにお知らせに参上しました」

「？」

「下手をすれば、これまで円滑に付き合ってきた南北の町奉行所が角突《つのつ》き合《あ》わせるようになりかねません。なれば、南町が何らかの動きをする前に、それがしにはお叱りの上即座のお咎《とが》めを頂戴致したく、お願いに上った次第です」

裄沢の言上《ごんじょう》に、小田切も唐家もしばし沈黙する。再び口を開いたのは、小田切だった。

「そなたが笠置なる南町の与力を捨て置けぬと考えたのは、錦堂絡みの橘屋の一件が理由という。ならば、なぜ岡鳥問屋の雇われ人の横暴などという、迂遠《うえん》な話を持ち出した」

「橘屋のお白洲を真正面からの理由として、北町に所属するそれがしが申し立てたのでは、南町としても体面上、お裁きが間違っていたとは言い出せぬやもしれませぬ。それに、もし橘屋のお裁きが見直されたとしても、その後八つ当たりのように南町から錦堂らに対して嫌がらせが行われぬとも限りませぬゆえ」

「ゆえに、御肴青物御鷹餌鳥掛に絡めたか……そなたなりに、できるだけ南北の争いにはならぬよう、気を遣ったということだの」

ようやく得心のいった小田切が嘆息《たんそく》した。

前段で、「南町奉行所には組織上、御肴青物御鷹餌鳥掛が置かれた」と書いたが、これは北町奉行所にはなく、南町奉行所だけに付託されていた権能《けんのう》である。

南北の町奉行所は月番制を取っており、ひと月交替で新規案件を受け持っていたのだが、担《にな》わされた全ての業務でそうなっていたわけではない。たとえば市中取締諸色調掛《しちゅうとりしまりしょしきしらべがかり》（様々な商品の価格動向を調べ、急激な変動には抑制を働き掛けるとともに不当な値上げなどを取り締まるお役）の業務のうち、米の価格変動については北町が専任とされていた。

発生する事案がほとんど類型的なもので、ひと月交替で担当するよりも継続した監視が有効と考えられる業務について、こうした専任がなされていたのだと思われる。

同じ内容の仕事をしている相手から自分らの仕事へ苦情が出れば、まるで「お前らは仕事のやり方がなっていない」と言われているように受け止められ、批判の内容どうこう以前に感情的な反発が生ずる。しかし、自分たちしかしていない仕事に関し、もう一方の者がやむを得ず口を出してきたとなれば、多少は印象が違ってこよう。裄沢は、ものを言ってやる糸口としてそこを狙ったのだった。

しかしこれだけのことをしても南町が動かず、目付へ訴えるとなったときには もう遠慮をするつもりはなかった。岡島問屋の件とともに、橘屋の件のお白洲での不当なお裁きについても申し入れるつもりである。

さすがに目付が介入したなら橘屋の一件のお裁きが看過されるとは思えず、事態がそこまで進めば南町にも錦堂らへ嫌がらせをしているような余裕はなくなるはずなのだ。

そして訴え出る先の目付についても、いちおうの目当てはあった。古物商で乱暴を働いたとして入牢していた旗本の厄介叔父《やっかいおじ》の一件で、裄沢の前に現れた倉本《くらもと》惣太《そうた》と名乗る人物である。たった一度、それもさほど長い間話した相手ではなかったが、あの男なれば碌《ろく》に話も聞かぬままで終わらせることはあるまいと判断していた。

「処罰を願うほどなれば、己のやったことの重大さと後々自身に降り掛かる責の重さは十分自覚しておるということよな――そなたなぜ、錦堂にそこまで肩入れする。さほどの恩を、彼《か》の見世から受けておるのか」

小田切のこの問いは重いものであった。裄沢《ぞうわい》の返答次第では、単に職務上の越権行為ばかりでなく、賄賂を受け取った上で贈賄側を不当に特別扱いしたことまで咎めねばならなくなる。

裄沢の答えは、この問いに対しても淡々としたものであった。

「きっかけが錦堂からの相談であったことは否定致しませぬが、たとえ相手が錦堂でなくとも、これだけのことが行われているとあらば見過ごすことはできませなんだ。これによってそれがしが処分を受けるとなれば、それもやむなきこと。それがしは己が町方役人である限り、職分を全《まっと》うせんとの存念に従って動くまでにござりまする」

「そなた……」

今さらながらに裄沢という男の有りようを目の前で見せつけられて、唐家は続ける言葉もなく口を閉ざした。


とりあえず家で謹慎《きんしん》しておれという奉行の指図に従い、裄沢が自身の組屋敷へ向かうべく表門を出ようとすると、門番の小者に呼び止められた。

「裄沢様。年番方与力の伊佐山《いさやま》様から、お話があるゆえ御番所を出る前に立ち寄るように、とのお言付けを承《うけたまわ》っております」

年番方の伊佐山彦右衛門《ひこえもん》は、北町奉行所の筆頭与力である。まだ裄沢が用部屋手附同心だったころ、内与力の深元《ふかもと》から無理矢理押しつけられた調べで話をしたことがあった。

——あれは、三年前の暮れのことか。

あのころを境に、裄沢は突然様々な騒動に巻き込まれるようになった気がする。もう、十年以上も昔の遠い出来事のように思えていた。

裄沢は門番に礼を言い、組屋敷へ戻ろうとしていた行き先を変更した。そこで奉行所本体の建物沿いに、右手へ足を進める。

年番方は右手の角の部屋だが、裄沢はその角を曲がってさらに少し進んだ。そこに、年寄同心下陣《としよりどうしんげじん》と称する、玄関とは別の入り口があるのだ。

何を訊かれるかはおおよそ見当がついている。厳粛《げんしゆく》で謹厳《きんげん》な伊佐山の顔を思い浮かべつつ、裄沢は下陣で履物《はきもの》を脱いだ。

「御免。隠密廻りの裄沢広二郎、伊佐山様のお呼びに従い参上致しました」

——謹慎を命じられたけど、まだ隠密廻りでいいんだよな。

そんなことを考えながら名乗りを上げ、年番部屋へ入室する。

奥に座っていた伊佐山が顔を上げ、座したまま「こちらへ」と呼んできた。三年前に会ったときから、「木像か」と言いたくなるほどどこも変わらぬような姿に見えた。

「ご無沙汰《ぶさた》しております」

裄沢は殊勝《しゅしょう》に頭を下げる。伊佐山は前置きもなくいきなり問うてきた。

「裄沢、今度は何をやった」

どうやら裄沢のやらかしぶりは、年番方でも評判らしい。

「何を、とおっしゃいますと？」

「南町の首藤殿——先方の筆頭与力殿より、そなたについて問い合わせがあった」

——さっそく動いてきたか。

そう思ったが、表情に出すことなく問い返した。

「ほう、それがしの何を問うてこられましたか」

「どういう人物かということについてだな——で、何をやったのだ」

裄沢は、伊佐山を真っ直ぐ見返した。

「曲がったことはしておりませぬ。お奉行様には申し上げましたので、お知りになりたいのであればお奉行様よりお聞きくだされませぬか」

「……儂《わし》には言えぬと申すか」

「それがしからそのまま申し上げてよいかの判断がつきませぬので、お奉行様にと申し上げました」

じっと裄沢を見た伊佐山が、また口を開く。

「首藤殿はそればかりではなく、儂に面談も申し入れてきた」

「そのことも含めて、お奉行様へ言上していただきたく」

裄沢は頭を下げてそう述べる。

こうなっては、さすがの筆頭与力でも当人から聞き出すのは無理なようであった。

十一

裄沢が、己の勤め先とは別の御番所へ波紋を広げてから数日後。

南町奉行所に出仕する坂木六郎太《さかぎろくろうた》は、年番方に在籍する与力三人のうち一番の若手だが、算勘《さんかん》の才覚を認められてまずは特例的に勘定所へ出仕し、その能力を高めてから本来の南町奉行所での勤めに転じたという逸材《いつざい》である。

その坂木は、己の勤める町奉行所の筆頭与力であるとともに年番方を取り纏める存在でもある首藤のこのごろの様子を目の当《ま》たりにして、秘かに頭を悩ませていた。首藤は、北町の一同心から寄せられた苦情に過剰とも思えるほどの反応を見せているのである。

——しかし、あの裄沢殿が……。

坂木は、北町奉行所定町廻り同心・来合轟次郎の妻である美也の、実兄であった。その来合と美也の祝言《しゅうげん》にまつわる騒動で、裄沢と知り合っていたのだ。

己の娘が意のままにならぬことから頑《かたく》なに来合と美也との婚姻を邪魔立てしようとした父の勘之丞《かんのじょう》を、裄沢は自分らでは思いもつかぬような方法でやり込めたのだった。これを契機に父は隠居したが、裄沢や美也へ恨みを募《つの》らせるどころか、今はまるで憑《つ》き物《もの》が落ちたかのように穏やかに暮らしている。

全く、どんな手妻《てづま》（手品）かと呆れ返るほどに鮮やかな手際《てぎわ》だった。

——あの裄沢殿が、今度は南の御番所へ手を出してきた……。

さほどに深く知己《ちき》を得たわけではないものの、自身の知る裄沢の為人を考えると、あの御仁が我欲や傲慢さから相手を非難してくる人物のようには思えない。

こうした見方がもし正しいなら、間違ったことをしてもそれを改めることなく、相手をやり込めることだけに執心《しゅうしん》している首藤らのほうに差《さ》し支《つか》えがあることになる。

そしてそれ自体が問題ではあるけれど、もし裄沢が己の父にやったような突拍子もない手を打ってきたなら、ことは首藤やそれと連《つる》んで何やらやっている吟味方与力の笠置だけに留まらず、南町全体を揺るがすような騒動になってしまう気もして、このまま傍観していてよいのか、坂木はさらに頭を悩ませているのだった。

――とはいうものの、いったいこの俺に何ができる。

坂木は首藤をはじめ年番方の皆から一目《いちもく》置かれる存在になっているとはいえ、いまだ出仕して五年足らずの新参者に過ぎない。下手に意見など口にしようものなら、出過ぎたまねだと怒りを買うだけに終わろう。

その後実際に坂木が予測したような推移を辿《たど》ったとしても、自分については賢《さか》しらな男として八つ当たりの対象にされるだけで済まされそうだ。

――ならば、誰か頼れる者は……。

そう考えてみたが、まず父は問題外であろう。すっかり大人しくなったとはいえ、下手に裄沢のことを持ち出したりすれば、当時の感情をぶり返させて藪蛇《やぶへび》になるかもしれない。逆に、借りてきた猫のようになった今だと、頼りになるような振る舞いをしてはくれなさそうな気もする。

特に前者が現実のことになったとしたら、せっかく丸く収まった坂木家にわざわざ自分の手で嵐を呼び込むことになる。他人や勤め先のために、そこまで危険を冒《おか》す気にはならなかった。

——すると頼りになりそうなのは、皀莢《さいかち》の大伯父《おおおじ》ぐらいか。

皀莢は六郎太の父・勘之丞の伯父で、坂木一族のご意見番を自任する長老である。勘之丞が来合と美也の婚儀の席での狼藉《ろうぜき》を企てた際、一喝《いっかつ》して撤回させた男でもあった。この皀莢を、全くの初対面でありながら弁舌だけで動かしたのも裄沢だ。

——けれど、あの大伯父だとこっちの期待どおりに動いてくれるとは限らぬか。

皀莢は曲がったことが大嫌いな一徹者《いってつもの》ではあるが、その目は南町奉行所での仕事の有りように向けられると同時に、北町の一同心が己の立場もわきまえずに南町へ直接ものを言ってくるという行為にも差し向けられる。

すると、首藤らと一緒になって裄沢をやり込めようとまではしないだろうが、自分の話に乗って首藤らを大人しくさせる労を取ってくれるとも思《おも》い難《がた》い。

──俺にも、裄沢殿の半分ほども弁舌の才があればなぁ。

坂木は、どうしようもないことを考えて思わず溜息《ためいき》をつくのだった。

その向こうでは、首藤と笠置が何やら話し込んでいる。

「──そうですか。北町の筆頭与力殿とお会いになる算段は、もうつけられたのですな」

「ああ、明日の勤め帰りに一献《いっこん》傾けることになっておる──向こうもあの男の振る舞いは知らなんだようで、どう対処するかのほうで手間取り、面談を求めてから返答が来るまでしばらく掛かったがの」

そこで日数を要したということは、先方の処分もようやく決まったと思ってよかろう。

「これで、あの何とやらいう北町の隠密廻りも終わりですな」

「ああ、何をトチ狂ってあのような増上慢《ぞうじょうまん》なことをしたかは知らぬが、所詮《しょせん》は蟷螂《とうろう》の斧《おの》。荷車ならぬ北の御番所に轢《ひ》き潰されて、仕舞いよな」

二人は、坂木の視線の先で満足げに頷き合った。


その前々日、江戸城中でのこと。

南北の町奉行は、休みなく毎日江戸城に出仕し、城中での御用を勤める。他の諸役人とは違って老中より先に下城することが特例的に認められているが、それは町奉行というお役の多忙さが鑑《かんが》みられてのことであった。

「土佐守殿」

朝四つ（午前十時ごろ）の刻限、先に座に就いていた南町奉行の根岸鎮衛が、登城してきた北町奉行の小田切直年を見掛けて声を上げた。

根岸は小田切より六歳年上ながら、町奉行としては小田切が根岸より六年先任。しかも小田切はもとより三千石格の大身旗本、根岸は役高三千石の南町奉行に抜擢されたものの、家禄としてはようやく五百石を賜《たまわ》るだけの成り上がりである（差額の二千五百石は、足高制《たしだかせい》で町奉行在任中に限り支給）。

いずれにせよ根岸は、小田切に敬意を払うのが当然という立場にあった。

「お早うござる」

小田切の落ち着いた挨拶の声に、根岸も慌《あわ》てて返す。何か言いたそうな根岸へ、小田切のほうから口を開いた。

「後ほど、少々ときをいただけまいか。お話ししたきことがござる」

「……承りました」

「では、後ほど」

それだけを言い合うと、二人はそれぞれやってきた役人への対応を始めた。

多忙な町奉行であっても、昼の弁当を遣《つか》うほどの猶予《ゆうよ》はある。ただし本日は、急に決まった同役との話し合いが割り込んできたために、いつも以上の早飯《はやめし》となりそうではあった。

小田切と根岸の二人は、茶坊主に申し付けて他人の耳の届かぬ座敷へ案内させた。その茶坊主も追いやり、念のために身を寄せて小声で話を始める。

「それでお話というのは、北町奉行所《そちら》の裄沢とやらいう同心についてでござろうか」

「まさかそちらのほうにまで手を出すとは思うておらなんだ。お手間を取らせて申し訳ない」

「あ、いや……」

根岸は小田切が密談の冒頭から率直に頭を下げてきたことに驚いた。そしてその後の話にもっと驚かされる。どう処分したかへの言及になると思っていたのに、全く別のことを口にしてきたからだ。

「深川に錦堂という扇屋がござってな」

「？　深川の、扇屋にございますか」

「まあ、お聞きくだされ」

そう言って小田切が話し出したのは、錦堂でグレた倅が家を追い出されると思い込み、酔った勢いで奉公人に絡もうとして倒れて頭をぶつけ、そのまま死んだという一件であった。

根岸も町奉行なれば忙しい身の上、なぜこんな話をと困惑を覚えながらも、とりあえずは黙って聞いている。

小田切も老練《ろうれん》な官吏《かんり》ゆえ、根岸が表情に出さずともその心中は読み取れる。ボソリとひと言付け加えた。

「そこで、裄沢にござる」

さらに続けた小田切の話によれば、裄沢は実際の出来事を捻《ね》じ曲《ま》げて、錦堂の倅の死に巻き込まれた奉公人を逃がし、見世にも逃げた奉公人にも責めが行かないように話をでっち上げてしまったと言う。裄沢が北町奉行所の一部の者から陥《おとしい》れられようとしていた部分だけは省かれていたが、それ以外は当時そのままの話であった。

「錦堂は、ご改革で寂《さび》れんとした深川を懸命に支えようとしていた見世にござってな。それを、見世の主にも奉公人にもどうしようもなかったことで傾かせるわけにはいかぬという考えは、頷けるものであった」

「……ゆえに、こたびの裄沢なる者の振る舞いを見逃せと？」

それは違うだろうと思いながら、小田切の真意を問う。

「その錦堂にござるが、こたび南町のお白洲でお裁きを受けたそうな」

「……」

小田切は、橘屋にまつわる一件について、裄沢から聞いた話を根岸に伝えた。

「そんなことが……」

錦堂はともかく、橘屋のお裁きについては根岸も吟味方から報告を受けていたが、自分の聞かされていた話とはだいぶ違った様相に、戸惑いを隠せない。

「……それが本当だとして、ではなぜ岡鳥問屋のことなどを持ち出したと？」

「裄沢の訴えが通ろうが通るまいが、真っ直ぐ橘屋のことを持ち出したなれば、どこぞより錦堂らに嫌がらせがなされるやもしれぬのを懼れた、と申しておりました。

まあ、それがしも橘屋のお裁きについては、裄沢より聞いただけの話。間違いないとまでは申しませぬ。お忙しいところ恐縮にござるが、根岸殿にお確かめいただけるなれば幸いにござる」

どこぞより嫌がらせと言われたが、しそうな者というのが誰のことかは明言されずとも判る。反射的に、反発を覚えた。

「以前の死んだ倅の話と合わせますと、裄沢なる者はその錦堂とだいぶ親しくしているように思われますが。もしや、余分な肩入れをしているなどということは」

「ゆえに、根岸殿のほうでお確かめくだされと申し上げた。

話は変わるが、昨年、南町奉行所のほうでも探索の手を煩わされた辻斬り騒動があったのを憶えておられるか」

昨年の三月、南町が月番のときから立て続けに起きた人殺しの件である。忘れられようはずもない。

「確か、ふた月かみ月ほどで消え失せてしまったと……」

「いっとき某《ぼう》お偉方のところに出入りしている漢学者が疑われましたが、その漢学者も辻斬りに襲われて亡くなったそうで。それが、一連の騒動の最後の犠牲者にござりましたな」

そう返した小田切が、じっと根岸を見つめてきた。

疑われた漢学者のことも、その後ろ楯が大物過ぎるゆえに手出しできなかったことも、鮮明に記憶している。その漢学者が斬られて死んだことについては、辻斬りをせんとして返り討ちに遭《あ》ったのではという憶測《おくそく》もあったが、わざわざ小田切がこんな場で持ちだしてきたということは、その裏でまだ何かが起きていたということであろうか。

――まさか、裄沢なる者が始末した？　あるいは少なくとも、その一件に深く関わっていた？　しかし、もしバレたならばただでは済まぬことへ、上手くいったからとて何の益もないだろうに、なぜ手を出した？

ぐるぐると思考を巡らせているうちに、また小田切が言い掛けてきた。

「裄沢がそこもと宛で出した書状の最後に、覚悟を示してあったそうにござるな。あやつがそのようなことを書いて送ったなれば、それは大見得《おおみえ》切った空威張《からいば》りでも、ただの脅しでもありませぬぞ。やると言ったからには、たとえそのことで己がどのように処せられてもやる漢《おとこ》。

目付などがしゃしゃり出てこぬうちに、確かめるべきことは確かめて、ご自身の手でサッパリ綺麗にしておいたほうがよろしいかと、それがしなどは存ずるが

——まあ、先にこの職に任じられた者が、単なる老婆心《ろうばしん》から口にした戯《ざ》れ言《ごと》にござる。お聞き捨てくだされてもよろしゅうござれば」

そこまで言った小田切は、「お手間を取らせた」と軽く低頭して去っていった。根岸はその場に立ったまま、わずかな間だけ小田切の後ろ姿をじっと見つめた。

十二

北町の一介の同心が、こともあろうに南町の有りように差し出口をしてきたことについては、造作もなく片がつきそうだ。笠置は上機嫌で年番部屋を後にし、己の仕事場である吟味所へ戻ってきた。

が、部屋の中の意外な光景が目に入って思わず足を止める。

笠置の視線の先では、書付《かきつけ》や綴《つづ》った紙の束を手にした数人の男が、手を止めてこちらを見返していた。いずれも吟味方の与力か同心だが、そのうちの一人だけは少々毛色が違っている。

「中屋様《なかや》……」

中屋銑十郎《せんじゆうろう》――かつては南町奉行所の筆頭与力まで勤めた元の吟味方本役与力。笠置の大先達だが、すでに隠居して御番所から去ったはずの男だった。

「どうして、あなた様がこちらに？」

暇潰《ひまつぶ》しでかつての職場に顔を出してみた、というのが一番ありそうなことだが、それにしては中屋を囲む皆の、手にする物にも表情にも違和感がある。

問われた中屋は、おもむろに口を開いた。

「笠置か。ようやく戻ってきたようだの」

「少々年番方に用がございまして――して、中屋様は皆と何を？」

「何をしていたかと問うか。ちょうどよい、そなたに訊きたいことがある」

すでに御番所の中では何の権限も持たなくなったはずの男であるが、吟味方に移ってからは厳しく仕事を教えられ、数えきれぬほど叱責《しっせき》された相手だ。往時と変わらぬもの言いを受けて、笠置は自身でそうとは意識せぬまま腰が引けていた。

「訊きたいこととは、何でございますかな」

中屋は手にした綴りを少し上げてみせながら返答する。

「こうやって、儂が致仕《ちし》した後の吟味方の仕事ぶりを少々確かめさせてもらっていたのだが――」

「す、少しお待ちください。なぜ中屋様がそのようなことを。かつては吟味方を取り纏めるお立場にあったからといって、辞めた後まで御番所の仕事に立ち入られるのは――このようなことを申し上げるのは甚《はなは》だ不本意ながら、越権行為にあたるのではと案じられまするが」

「こちらのことを考えてそう言うてくれるのはありがたいが、その心配は要らぬ――偶々《たまたま》こちらに顔を出してみたればお奉行様と行き合《いお》うて、少々頼まれごとをされたゆえな」

「お奉行様から……」

「ああ。お奉行様は、『己がまだ不慣れなゆえ、お白洲では吟味方与力の面々にだいぶ手間を掛けておる。そうすると、己が直接裁くお白洲はともかく、吟味方に任せきりにしているほうの手が十分に回っておらぬのではないかという気がしておってな。ついてはすでに致仕したそなたに頼むのも申し訳ないが、少しそのあたりについて、このごろのお裁きの記録に目を通して確かめてみてはくれぬか』とな」

「このごろのお裁きの記録を」

「こちらも、すでに辞めたとはいえ昔取った杵柄《きねづか》じゃ。懐《なつ》かしくもあり、お奉行様のご心中も察せられるで、快諾してこのように参っているという次第よ」

「さようにございますか……」

「で、いろいろと見ておっても特段不可解に思うようなものはほとんどないが――」

そこでいったん言葉を切った中屋の視線が真っ直ぐ自分を捉えたことに、笠置は冷や汗が背中を伝《つた》うのを感じる。

「笠置、この橘屋とか申す蒲団屋の借用証文についてだが」

「ああ、橘屋、橘屋にございますか。はて、どのような一件だったか……」

いかに多くのお白洲を抱えているとはいえ、つい先日自ら裁きを下した一件だ。誰がどう考えても憶えていないはずはないのだが、中屋はそのことには触れずに淡々とお白洲のあらましを述べた。

「深川の店を畳んだ蒲団屋について、その蒲団屋がかつて金を借りたときの借用証文を手に入れた親族より、これまでの元利含めた借金いっさいをこちらに払えと訴え出たという金公事《かねくじ》だ」

現代でいうところの民事訴訟や行政訴訟にあたる公事のうち、水利権や土地の争い、相続の争いなどを本公事《ほんくじ》と言い、金利が発生する借金の返済訴訟などを金公事と称した。

「ああ、蒲団屋の金公事。金公事——そうでございましたな」

「で、この公事だが——」

「お待ちくだされ。ええと、橘屋の金公事……どういう訴えであったか、今詳細を思い出しますので」

「そなたが裁いたお白洲の記録なら、ほれ、ここにこうして並べてある。思い出せぬなら、これにしっかりと目を通せ」

「ああ、お手間をお掛けします。ありがとうございます——ええ、橘屋の金公事。深川の蒲団屋……」

笠置は、吟味方同心が取り纏めて手渡してきた紙の束を引ったくるようにして受け取り、あちこち忙しく捲《めく》り返していく。

その、同じところを行きつ戻りつして何度も繰り返し広げる姿を、中屋は口を閉ざしたままじっと見つめていた。

しばらくそうしていた中屋が、笠置に「もうよいか」と呼び掛けるが、笠置は「もう少しお待ちくだされ」、「ああ、あとちょっと」などと言って引き延ばす。

とうとう、中屋が断を下した。

「笠置。さすがにときを掛けすぎだ。これは、何年も前のことではない。つい先日、そなた自身が下したお裁きの一件であろう。

他人が裁いた、己は全く関わっておらぬ一件であっても、吟味方の本役与力まで勤めるほどになっておれば、すでに全て頭に入っておらねばならぬだけのときは与えておるぞ。

それとも、そなたが吟味方本役に上げられたのは間違いであったか――いや、ここまで記録の理解がつかぬようでは、与力として吟味方に置いておくこと自体が間違いだと、お奉行様に申し上げねばならぬかもしれぬの」

「い、いえ。お待たせ申しました。思い出しました、そう、しっかりと思い出しましてございまする」

大焦りの笠置に、中屋は淡々と次の言葉を発した。

「では尋ねる。このお白洲、なぜにかような裁きを下した」

「は？　かような裁きとおっしゃられましても……」

「橘屋の倅やその代理人からは、その借金はすべて清算済みである旨を書いて貸し主が署名捺印した、受取証文が提出されておるの。にもかかわらず、借金が今に至るまでいっさい返されておらぬのは明白ゆえ、その借用証文を買い取った橘屋の親族に当今までの利息を含めて払えと命じたのは、どういう理屈からかと訊いておる」

「は、それは……もし借金が返されておるなら、借用証文自体も一緒に返されるか、あるいはその場で破棄されているはずでございますので」

「それについては、貸し主のほうが借用証文を紛失したため、かような手立てを取るに至ったと説明がなされたようだが」

「し、しかし、その受取証文なる物が、果たして本当に貸し主と借り主の間で取り交わされた物なのか、判断できませんでしたので」

「受取証文がデッチ上げられた偽物《ぎぶつ》であると？　橘屋の代理人は、貸し主が記名押印《おういん》済みの他の書付などもわざわざ探し出した上で提出して、比べて見てもらえれば間違いなく本物だと判るはずとの主張をしたようだが」

「偽物であるとまでは申しませぬが……確かにさまざまな物は出して参りましたが、『借用証文紛失のため元金だけを返済することでいっさいの清算を終える』などといった受取証文は、そうした中にはございませんでした」

「さようなことがよくあるわけではない以上、それについて書いた受取証文が他にも残っているようなことがあるほうがおかしいのではないか」

「さ、さようでございましょうか」

中屋は「笠置」と呼び掛けてから言葉を続けた。

「そなたがこたび裁いたようなことが、この先前例として通用してみよ。どう考えても潰れぬような見世に金を貸すことができた者は、『借用証文をなくしてしまった』と言って借金の返済をずっと求めぬようになるやもしれぬ。そして本来の返済期限を超えて利息が十分溜まってから、『借用証文が出てきたゆえ、本来の返済期限までではなく、今日ただ今までの利息の計算で全額払ってくれ』と言い立ててきたならば、借りたほうはそれで払わねばならぬようになるのではないか」

「そ、それは……さような大きな商家なれば、よほどに稼業が傾いておらねば他より借金をすることなどないかと。それに、金を借りねばならぬほど傾いてしまったなれば、もはや大きな商家などとは申せますまい」

「愚かな。大きな商家になればなるほど、取引の額も大きくなるし、その数も増える。確かに仕入れの荷を受け取ったその場での現金払いなどは少なくなり、商談が成立した時点で為替《かわせ》（現代でいうところの支払手形や小切手）を用いるような扱いが多くはなるが、為替を用いるかどうかは相手方にもより、全ての取引で使われるわけではない。大きな額の取引でも相手方が拒めば為替は用いられないが、かといって大金がその場で用意できるとも限らぬとなれば、借用証文に類する書式で後払いとなることは十分あり得よう。

そなた、さようなことにも思い至らぬか。それとも、大きな商家なれば借用証文の類を使う取引は少なかろうから、『なくしたけれど後から出てきた』などと申す者に軍配を上げてもよいと考えておるということか」

「……え、ええと」

「それにそなた、大きな商家には影響がないゆえ構わぬと言いたいようだが、なれば中小の商家はどうなってもよいと申すか。それで江戸の町より、中小の商家がなくなっても、景気が落ち込んだりもせず、人々は以前と変わりなく暮らしてゆけると思っておるのか」

「い、いや、中小の商家がなくなってもよいなどと、そんなことは決して」

「では、どういうつもりであのようなお裁きを下した。そなたがやってくる前、ここにおる皆に確かめたが、あのお裁きに得心しておる者は一人もおらなんだぞ。

さあ、儂を含めた皆が、『なるほどそういうことか』と合点《がてん》できるように、とくと説明してもらおうか」

「……………」

「どうやら、まともな説明はできぬようだな」

こちらと目を合わそうともしない笠置を見ながら、中屋は悔恨《かいこん》に胸を沈ませていた。

――まさか、儂が辞めてからまださほどときが経っていないにもかかわらず、栄《は》えある南町の吟味方がこんなことになっていようとは……。

中屋が勤めを辞したのは、昨年の春のことであった。己の勤める町奉行所の混乱は十分認識していたものの、可愛がっていた末っ子の三男坊を亡くしたがため、すっかり気力を失ってのことだ。自分の眼鏡違《めがねちが》いで信用してしまった相手がその死の原因となったということが、当時の中屋にとっては何よりの痛手《いたで》であった。

しかし、辞めるにあたっての引き継ぎに、手を抜いたつもりはなかった。御番所《ごばんしょ》の混乱はまだ収まったとは言えずとも、新たなお奉行である根岸様の下で立ち直る見通しはしっかり立っているものとばかり考えていた。

だが、現実は違っていたようだ。笠置が本役与力に抜擢されたのは中屋が辞めた後のことだったが、現状を見るに、己のいなくなった後もきちんと仕事が回っていくような後始末ができていたとは言い難い。

中屋は沈んだ気持ちを立て直すため、静かに一つ息を吐いた。

――後悔などはいつでもできる。今やらねばならぬのは、生じてしまった不都合をどのように正していくかだ。

自身を叱咤《しった》し、目の前にいる挙動不審《かさぎ》な男を改めて見やる。しばらく待ってやったが、やはり返答はなさそうだ。ならば、さっさと引導を渡してしまってよかろう。

中屋は、目の前で狼狽《うろた》える男を冷めた目で観察しながら、おもむろに口を開いた。

「答えが返せぬということは、訴人から賄《まいない》でも受け取って不正な裁きを行ったか」

「え、いや、そんなことは――」

「では、なんだ。なぜ後からまともな説明もできぬような裁きを下して、そのままに放置しておる。そなたよりお奉行様へ差し出した報告も見せていただいたが、そこにはかような理屈の通らぬ裁きを行ったとは、一文字も書かれてはおらなんだぞ」

「…………」

「ならば、参ろうか」

ひとことの言い訳も利かぬほどの厳しい追及に辟易《へきえき》していたのが突然別なことを言われ、ホッとしかけて――その言葉に何やら違和を覚える。

「参る――どこに、でございますか」

「無論のこと、お奉行様のところへよ。儂は、頼まれたことの結果を報告せねばならぬ。そなたとて、自身が出した報告に誤りがあったことを申し出て、お詫びと訂正をせねばならぬであろう」

「え、あ、いや、それは……」

「これ以上ここでそなたと話をしておっても、ときを無駄に費《つい》やすばかりじゃ。なれば、お奉行様の下で、全てを明らかにすればよろしい。そなたとて、お奉行様の前でさように口を閉ざしたままでいることはできまいからの」

さあ行くぞ、とひと声掛けてから中屋は背を向けた。笠置はどうしたらよいものかとその場で戸惑う姿を見せる。

自分の背についてくる気配のないのをすぐに知覚した中屋が振り向いた。

「来ねば、儂が儂なりに感じたことをそのままお奉行様に申し上げるまで。儂が何を申したか聞くつもりがなく、その場での弁明も必要ないと考えるのであれば、好きにすればよいわさ」

中屋は見捨てて、独りさっさと部屋を出ていく。笠置は慌ててその後を追っていった。

部屋に残った者らは、無言のまま互いの顔を見合わせるのであった。

十三

自身の組屋敷で謹慎していた裄沢は、呼び出しを受けて勤め先である北町奉行所へと出向いた。まず御用部屋に顔を出した裄沢は、そこで待っていた内与力の唐家に伴われて内座の間へと足を進める。

「唐家にござります。裄沢を連れて参りました」

座敷の外から声を掛けた唐家に、内側から「入れ」と応じる声が上がった。唐家が襖を開けて入った後ろから部屋の中を覗くと、お奉行の小田切は自身の家士《かし》

（家来）に手伝わせて、何やら書き仕事をしていたようだった。

唐家は襖とお奉行の中間で膝を折り、裄沢は部屋に入ってすぐのところで平伏した。

お奉行は、仕事を手伝っていた家士を下がらせ、部屋の中が三人だけになったところで口を開いた。

「裄沢。そなたが南町奉行所に書状を送ってからのことだがな、書かれていた岡鳥問屋についての訴えが放置されていたという件について、その岡鳥問屋を監視すべき立場にある年番方と、訴えを蔑《ないがし》ろにしたと指摘された吟味方が合同でこちらの筆頭与力宛に抗議して参ったそうな」

裄沢は、承ったとの意味で「は」とのみひと声上げたものの、動ずる気配はない。その様子を見た小田切がポツリと口にする。

「さほど大ごととは思っておらぬようじゃな」

「いえ。そうなるであろうことは予期しておりましたので。咎められる覚悟はできておりまする」

「フム……まあ、それから後の話じゃ。南町奉行の根岸殿は、幸いなことにそなたの行為を単に身のほど知らずの出しゃばりだとは考えず、かつて先方で筆頭与力まで勤めた元の吟味方本役に調べるよう頼んだそうな。

そこで、岡鳥問屋のことはともかく、そのままに見過ごしてはおけぬような過《あやま》ったお裁きを別で見つけたと聞く。そのお裁きを下した吟味方は、岡鳥問屋への訴えを退けたのと同じ男だそうでな、さらに詳しく突き詰めてみれば、どうやら訴人より袖《そで》の下《した》をもらい、勝った暁《あかつき》にはさらに礼金までもらう約束で不正な裁きを行ったことが判明した。

裁いた吟味方与力ばかりでなく、その与力に袖の下を贈った訴人のほうも引っ捕らえ、今厳しく詮議を致しておるところじゃそうな。して、お裁きの結果についてはいったん保留とすることが負けとされた相手方に伝えられ、全てが明らかになったところで改めて正しきお裁きが根岸殿直々《じきじき》のお白洲で申し渡されることになる見通しだと聞いておる」

そこまで説明を聞いても、裄沢の表情はいっさい変わることはなかった。小田切は淡々と続ける。

「で、吟味方とともにこちらへ苦情を申し立ててきた年番方だがの、自分のところの吟味方が何をやっておったかが明らかになって、ずいぶんと勢いがなくなってしもうたようでの。そなたからの書状も、岡鳥問屋に対する年番方の監視がどうだとはいっさい書かれておらず、ただ岡鳥問屋への百姓の不満を吟味方がいっさい取り上げようとしないことに対する疑義の提示であったからの。

　まあ、御肴青物御鷹餌鳥掛を兼務する南町の年番方も本来は完全なる内役ゆえ、賄方が訪れるような魚河岸や青物市場なればさほど手間なく向かえようが、岡鳥問屋の雇われ人が餌鳥を捕まえるような鄙《ひな》まではなかなか足を運べまいからの。そなたもそれを判っていて岡鳥問屋に対する監視のほうではなく、出てきた訴えを放置したことのほうを問題視しておったのだろうしな。

　こたびの吟味方与力の不正発覚をきっかけに、吟味方の担当を変えて改めて訴えてきた百姓らを呼び出し、話を聞くことにしたそうじゃ。それで必要あれば、岡鳥問屋のほうへ指導を入れることとなろう。まあ、賄方は幕臣なれば、南町としても気を遣わねばならぬところはあるが、岡鳥問屋は御用を承っているとは申せただの商人じゃ。言うべきことは、きちんと言ってやれるであろうよ。

　そして何より善《よ》かったことは、こたびの不正が南町自身の手で突き止められ、修正が図られたということじゃの。これが目付あたりからの指摘で発覚してみよ、南町奉行《ねぎしどの》の進退にまで繋がりかねぬ騒動になっておったわ――まあ、ことが《お裁きを》起こって《申し渡して》さほど経たぬうちに、根岸殿自らがご老中方へ報告したゆえ、こたびは大事に至らずに済みそうじゃがの」

「さようにございますか。ただの同心が、上役たるお奉行様や内与力の皆様のお許しも得ぬまま勝手に暴走した始末をお伝えいただくなど、望外のことにございました。真にありがとう存じます」

深々と頭を下げた裄沢へ、小田切は温度のない声で「これで満足か」と問う。

礼を述べたときも表情を変えなかった裄沢は、そのままの態度で答えた。

「はい。それがしのやったことについて、どのようなお沙汰を受けようとも、異存はござりませぬ」

じっと裄沢を見ていた小田切は、突き放すように言う。

「そのことじゃがな、そなたについては、例の海賊と思われる者どもが再び江戸へ拠点を築かんとしたことを知らせてきた際の褒美《ほうび》が、まだであった。こたびの件はそれと相殺《そうさい》ということにして、叱りおくだけに留める。

ただし、かようなことが何度も通じるなどとは考えるなよ。こたびは特別じゃ。十分にわきまえておくように」

「お咎めを受ける覚悟でおりましたゆえ、またやっても赦《ゆる》されるなどとは決して考えませぬが……それで、よろしいので？　分不相応を承知で差し出がましいことをお尋ねしますが、南町のほうにはそれで得心してもらえますのでしょうか？」

小田切は溜息をついてから答えた。

「先ほど述べた、南町奉行の根岸殿の依頼を受けて調べに当たった元の吟味方だがの、それが中屋銑十郎だったと言えば、そなたも憶えがあろう」

「中屋様……」

自身の三男坊が弟子入り先の茶の宗匠《そうしょう》のところで宗匠の妾と心中したとされたのは得心がいかぬと、担当した北町に内々の調べ直しを願ってきたのが中屋銑十郎であった。中屋と付き合いのあった甲斐原が小田切の承諾を得てこの探索を任せたのが、裄沢だったのだ。

「中屋は南町で筆頭与力を勤めたことがあるほどの、仕事もできれば周囲への睨みも利く吟味方本役与力であった。すでに致仕したとはいえ、その中屋がきっちりことを暴いてみせたものへ、異論を差し挟めるような跳ねっ返りは南町にはおらぬようじゃな。奉行の根岸殿がその背後におるということも皆がしっかり判っておるようだしの」

たっぷりと皮肉の効かせ方をした説明を口にした小田切は、もうひと言付け加える。

「まあ、どうやら中屋は自分から進んでしゃしゃり出たようだと聞いたが、辞めた後の職場で羽振りを利かせるようなことは好まぬ人物らしいのに、なんで突然数寄屋橋《すきやばし》（南町奉行所のこと）に顔を出す気になったのか、隠居してからは御番所のことにはとんと疎《うと》くなっていたはずのその男へ、どこかの誰かのことを勝手に案じて動き回った者が他にいたのか、そこまでは儂の関知するところではないがの」

小田切は、自らも骨を折ったことは伏せて、こたびの一件が騒動になる前に裄沢から受けた相談を元にした、甲斐原による中屋への働き掛けを暗に示した。

裄沢もこれには思うところがあったようで、視線をはずしてなにやら考えるふうである。

「と、いうことで、そなたを呼び出して伝えたかったことは以上だ。明日より仕事に復帰し、しっかりとお勤めを果たすように」

小田切はそう口にして、また平伏する裄沢をさっさと下がらせた。

部屋に二人だけになると、裄沢がいた間はずっと口を閉ざしていた唐家が「ほう」と溜息をついた。

「これで、よろしかったので？」

伺いを立てる唐家に、手許の書付の束を整え直した小田切が目を落としたまま応じる。

「こうでもせねば、あやつは止まらなかったであろう。なれば、南町はそれまでどころではなく大騒ぎじゃ。北町《こちら》とも少なからずギスギスするようになったであろうし、他に打てる手はなかったろうて」

わざわざ口には出さぬものの、裄沢のやらかしが南町にとり、結果として禍《わざわい》転じて福となったところもあった。

町奉行所では、他のお役より転任してきた町奉行が先祖代々同じ役所《ところ》に勤める与力同心を統率することになるため、新任奉行はどうしても下の者らに配慮をした動きを取らざるを得ない部分がある。これを軽視すると、代々伝わる表《も》裏《も》知《り》抜《い》た知識まで備えた下の者らの手助けが得られず、仕事に不慣れな奉行は孤立することになってしまうのだ。

ところがこたびの場合は、その下の与力《たち》らが懸命に取り繕っていた外面《そとづら》を一気にぶち壊すような事態に立ち至ったことで、奉行所内の立て直しを誰の目も憚ることなく堂々と行えるようになった。南町奉行の根岸にとってずいぶんとやりやすくなったろうし、組織の再建も早まっていくことになろう。

そんな思いを胸に抱く小田切へ、唐家が言葉を掛けた。

「いえ、南町とのことではなく、裄沢《あの男》をこの程度の処分で済ませてよかったものかと」

意見を示された小田切も、大きく息を吐いた。

「何かの罰《ばつ》を与えたとして、あの者はいっさい堪《こた》えはすまい」

「それは……そうかもしれませぬが」

小田切はそれ以上唐家の疑念を解消するつもりはないらしく、別なことを言い出した。

「あの者、このごろ少し変わったようにも思えるが」

「……さようにござりましょうか。吾《われ》がこちらへ異動《きた》したときより──いや、吾が来る以前よりのやさぐれぶりは、今も全く変わらぬものと見ておりますが」

小田切は議論をする気はないらしく、「そうか」とのみ口にしてこの話も終わらせた。

「相も変わらず仕事が山積しておる。先ほどまでおった手伝いの者を、また呼んできてくれぬか」

承知した唐家が席をはずした。

独りきりになった小田切は、文机《ふづくえ》の上の紙束に目を落としながら、ものを想う。

――廻り方の宴席の後で行方知れずになった後からか。いや、それよりもう少し前か。どこか、今までとは違ってきた気がするが……。

唐家が口にしたように、裄沢は以前から「どうなっても構わぬ」という自暴自棄《じぼうじき》とも取れる行動を辞さない男ではあった。しかし、以前ならば追い詰められてもう他にどうしようもないという場面となるまでは、そこまでの振る舞いはしなかったように思えていた。

件《くだん》の錦堂の騒動で、裄沢を敵視した北町奉行所内の一部の者らに陥れられようとしたときしかり、内与力だった倉島惣左《くらしまそうざ》が個人的な感情から裄沢を追放しようとしたときしかり……。

あの辻斬りを働いていた漢学者に罠《わな》を仕掛けたときでも、後から聞いた当人の釈明をよくよく思い返してみれば、「逃れられぬ罠に誘い込んだのではなく、当人が自らその気で飛び込んできたのであり、もしこの罠を張っていなければ、機会を得た先方はこちらの隙を衝《つ》いて仕掛けてきたはず」との言葉は的を射ていて

――言い換えれば、自らが窮地に立たされざるを得ないことを裄沢はすでに見通

していたということであったろう。

しかし、こたびの一件は違う。

確かにこたびの件で錦堂らを救うのに、他の手立てがあったかといえば、なかなかに難しかっただろうとの判断はできる。されど裄沢は、一つ間違えば救おうとした錦堂らにも、南町からの嫌がらせといったさらなる不幸が降り掛かりかねないばかりでなく、南北の町奉行所の良好な関係を壊すことにもなりかねない荒っぽい策を、ここまで無造作に選択するような性分ではなかったはずだ。

——あの男は、何かがあってどこか変わってしまったということだろうか。

そんな気がしたから、唐家に話を振ってみたのだった。しかし老練で人を見る目も確かな唐家は、小田切が覚えたような違和は感じていないようだ。

——儂の気のせいなのか。

そんなふうにも考えてみたが、結論は出そうになかった。

多忙な町奉行である小田切が、ただの一同心のためにあれほど骨を折ることは通常考えられぬのだが、そこまで手を差し伸べたのも、自分の中にある漠《ばく》とした不安のせいなのかもしれなかった。

小田切は、一つ大きく息を吐いて文机の上に広げた綴りを見つめ直した。今は余計なことは頭から追いやって、目の前の仕事に集中すべきときなのだ。

十四

南町奉行所定町廻り同心の川田は、市中巡回のため深川の町を歩きながら、心の内では他のことで頭が一杯だった。

定町廻りは御番所の外へ出て、己の受け持つ町々を一日中歩き回るのが仕事とはいえ、自身が勤める御番所で今現在起こっていることから隔離されているわけでも、完全に無関心でいるわけでもない。ことに、己の関わったことで何か波風が立ちそうだとなれば、いつも以上に耳を欹《そばだ》てるのが当然であろう。

聞こえてきたのは、怖れていたとおりの――いや、それ以上に頭を抱えたくなるような話だった。

――「北町の一同心が、南町の仕事の有りようについて、書状の形でお奉行様《ねぎし》へ直接意見を申し入れてきた」って、そりゃあ間違いなくあの人のこったろう。

裄沢の評判については、南と北の隔たりがあるからさほど詳しくはないものの、それなりに耳にはしていた。こたびについても「何かやらかすかも」との不安はずっと感じていたのだ。しかし、まさかお奉行様へ直にもの申してくるとはさすがに想定外だった。

——こんなことになるのなら、裄沢さんがどんな人か、もっといろいろ聞き込んどくんだった。

今さらながらの後悔ではある。そして、事前に聞き込みをしていたとして、裄沢に呼び出されて頼みごとをされたとき、断れたかといえば全く自信はない。面と向かって話をしたときのことを振り返ってみても、自分が適当に誤魔化しながら返答できたとは思えなかった。

では、頼まれて知っていることを話した後ならどうかというと、これももう処置なしとしかいいようがない。後から自分ごときが何を言おうとも、あの人を止めることはできなかったろう。

ならばなるようになっただけ。己の手でどうなるものでもない——などと開き直れればいいのだろうが、それもできないから今このように頭を悩ませている。

裄沢さんが南町《うち》の吟味方与力の笠置様に何かやってくるだろうとの予想はしていて、当人が口にした「こちらに迷惑を掛けることはない」との約束についてはいちおうの信用はしていたものの、場合によっては「トバッチリがくるかも」程度の覚悟をしていた。

しかし、採った手立てがこちらのお奉行様への直談判《じかだんぱん》で、そこで論《あげつら》ったのが御肴青物御鷹餌鳥掛を兼任する年番方まで巻き込む話だなどとは全く考えもしなかった。これでは、もし裄沢さんに元ネタを提供したのが自分だとバレてしまったときには、笠置様に睨まれるだけでは済まずに、南町奉行所の全員から爪弾《つまはじ》きにされることまであり得ると思っておかねばならない。

――ならば、おいらが関与してることがどっかから漏れる前に、自分から申し出るべきか。

しかし、「では誰に、どのような言い方で持ち込むか」となると、よい考えは一つも浮かばない。一方では「黙っていれば誰にも知られることはないのでは」という期待があり、もう一方では「下手に誰かに知らせて大ごとにされたら、それこそ藪蛇だ」という不安を拭いきれなかったから。

――それにしても、ここまでこっちを心配《しんぺえ》させるようなことぉしといて、「あなたにはいっさい迷惑を掛けない」はねえだろう。

そう、当人へ恨みごとをぶつけたくなる。まあ、そんな場を誰かに見られようものなら、それこそたいへんだから、うっかり近づくようなヘマをするつもりもないけれど。

——しっかしこうなってみると、「笠置様は、筆頭与力を勤める年番方の首藤様に若いころずいぶんと世話になったことから、今も年番方に関わる訴えなどは笠置様がほとんど取り仕切っているはずだ」なんて話までしたなぁ、余計だったなぁ。

あんまり笠置様の悪口になりそうなことを自分の口からいくつも並べることには躊躇いがあったため、裄沢さんからすれば関心の薄そうなほうへ話を持っていったつもりだったのがこんなことになるとは、全く予想もしなかった。

——こんなことになるんだったら、もっとしっかり考えてからものを言うべきだったなぁ。

今さら悔いても詮無《せんな》い話である。そして裄沢に呼び出されるまでどんなことを訊かれるのか全く知らず、その場での即座の対応になったからには、こうした危機が訪れるのを予期して上手く回避しながら話すことなど、自分にはとうてい無理なことであったろう。

川田は、供をする御用聞きが心配そうに自分を窺《うかが》っていることには気づきもせずに、深い溜息を一つ吐いた。

　このときすでに、南町奉行所の中では一件の決着がついているとは知りもせず。そしてこれからしばらく後には、裄沢について「自分のところばかりではなく南町《べつのところ》の与力までですっ飛ばした同心が北町にはいる」という噂が南北の御番所で秘かに流れるようになることも知らずに。


　士分の者が上役から呼び出しを受けるとき、それが昇進や加増などの慶事であれば午前《ひるまえ》に、譴責《けんせき》や降格などの凶事であれば午過《ひるす》ぎの刻限を指定されるのが通例である。

　町奉行所の場合もおおよそはそのとおりなのだが、いささか違っているところは、呼び出したのが奉行本人である場合、その予定が何よりも優先されるという点である。

　なにしろ町奉行は非常に多忙だというだけでなく、四つから八つ（午前十時ごろから午後二時ごろ）までの間は毎日欠かさず江戸城《おしろ》での勤めを果たしているのであるから。まあ、午後に慶事を伝える場合は、気を利かせてその旨あらかじめ当人に知らせておくのが普通ではあるけれど。

　謹慎解除の通告を受けた日に裄沢が呼び出しに応じ北町奉行所へ出向いたの

は、朝の早いうちであった。だから、そう悪い話でないことは事前に予測できていたし、おそらく登城前のお奉行に謁《えつ》することになるだろうとも思っていた。そのため組屋敷を出る際に、家の下働きの二人には「戻りは遅くなるやもしれぬ」と伝えてあったし、風呂敷に包んだ荷物を持ち込み、それを同心詰所に置いてから唐家のところへ向かっていた。

そして翌日からの出仕を命ぜられて町奉行所を後にした裄沢は、真っ直ぐ自身の組屋敷には帰らず道を南へと採った。

途中、以前使ったことのある旅籠《はたご》へ寄って用を済ませた後、目的地に着いた。そこでは、朝の忙しいときは終わって、次の夕刻のための支度が始まっているようだ。

「御免、入るぞ」

中からの応《いら》えを待たずに引き戸を開けた裄沢は、途中の旅籠で着替えて町方装束から普段着の着流し姿に変わっている。

「あら、いらっしゃい」

笑顔で迎えた女——お縫《ぬい》の表情からは、つい先日まで見られた屈託《くったく》は窺えなかった。

第三話　定町廻り同心・内藤《ないとう》小弥太《こやた》

一

町方同心のお役の一つである定町廻りは、勤めに出た日はほぼ全日、自身の持ち場である江戸の町々を経巡《へめぐ》り歩く。例外は、人殺しなどの重大事件が起きた際に事態の収拾を優先する場合や、将軍の菩提寺《ぼだいじ》参拝《さんぱい》時の市中警戒に当たるようなときぐらい。一町に一つ、あるいは二町に一つある番屋（自身番屋）を一つひとつ、虱潰《しらみつぶ》しに声を掛けて回るのだ。

広いお江戸を六分割した土地が定町廻り一人分の持ち場であり、江戸の町はこの時代で優に千を超えるだけの数があったから、こうした市中巡回はどれだけ経験を重ねても、やはり一日仕事になるのだった。

「定番《じょうばん》」

次の自身番の前に行き着いた北町奉行所定町廻りの立花庄五郎《たちばなしようごろう》が、自身番の入り口近くで立ち番をしていた雇われ人《定番》に声を掛ける。

「はあーあ」

「町内、何ごともないか」

「へえーえ」

日常のやり取りとは異なっていて妙な感じを覚えるが、どうやら昔からこうらしい。

様式美というヤツなのかと疑問には思うものの、やりようを改めようという気にはならない。たとえ自分がやめても他はみんなこのままだろうし、自分の後任になる者もそれを継承《まね》していくだろうから。

この町内は何ら問題はないと確認できたなら、もうこの場でなすべきことはない。立花は別れを告げるでもなく、次の自身番へと向けて足早に去っていく。余計なことにときを掛けていたら、陽が暮れる前に本日こなすべき仕事が終わらないのである。

「立花さんよ」

急ぎ足で次の目的地に向かう立花の横合いから、不意に声が掛かった。何者かと見やれば、己と同じ供を連れた町方装束の男がこちらを向いて立っている。歳は今年で四十二になる立花より十二歳《ひとまわり》ほどは年長か。定町廻りとしての経歴も自分よりはずっと先達《せんだつ》になる、南町奉行所の内藤小弥太《ないとうこやた》であった。

南北の町奉行所は新規に発生する業務の受け付けをひと月ごとの交替とすることで、ほとんどの仕事を等分に負担していたのだが、廻り方の市中巡回については月番かどうかにかかわらず、両奉行所がそれぞれ休みなく行っていた。江戸の町政を司《つかさど》る町奉行所において、治安の維持は当然ながらそれだけ重要視されていたということだろう。

つまりは、南北二人の廻り方が同日、同じ一つの番屋に平穏無事を確かめるための声掛けを行う状況が、江戸市中の至るところで当たり前に見られた。

「これは、内藤さん……」

仁王立《におうだ》ちして真っ直ぐこちらを見据えている内藤へ、立花は困惑げに応じた。

南町の内藤の持ち場は、北町の立花のそれとほとんど重なっているから、市中巡回の途中で顔を合わせることも珍しくはない。しかし互いに忙しい仕事の最中、何か用があるにせよ、「忙しいところを申し訳ない」という気遣いが声や態度から感じられないのは、新任の廻り方相手だとしても訝《いぶか》しい。

内藤はお堅い性格で北町にまで知られた人物であり、礼儀については相手だけでなく、自分もきちんとせずにはいられない男のはずなのだ。それが、こんなふうに突き放す態度で、まるで待ち伏せしていたかのように声を掛けられるとは思ってもいなかった。

「どうかなさいましたか」

勤め先は異なるとはいえ年上で先達、しかも持ち場まで重なっているとあれば先方に世話になるようなことも十分あり得るから、違和は覚えたものの丁寧に問うた。

内藤は無言で近づいてからようやく返答してくる。

「ああ、お前《めえ》さんにちょいと訊きてえことがあってな」

思い当たる節《ふし》は全くない。警戒しながらも、素直に応じる。

「訊きたいこと——何でしょうか」

「おう、北町奉行所の廻り方に、裄沢とかいうお人がいるらしいな」

「裄沢さん……ええ、隠密廻りをしておりますが」

「いってえ、どんな野郎だい」

「どんな……」

城南《じょうなん》方面を任されている立花は最も新任の定町廻りであり、当人の認識としては廻り方の中でも一番経験浅い者であった。

年齢でいえば自分より六、七歳若い来合轟次郎がいるが、来合はすでに定町廻りになってから五年近く経っている。一昨年ようやくこの座に就いた立花からすると、紛《まご》う方《かた》なき先達であった。

さらに北町の廻り方には、来合と同い年で内藤お尋ねの桁沢広二郎という男もいて、その桁沢が廻り方の一員である隠密廻りになったのは立花より何カ月か後であったが、この人物についても立花は自身の後輩とは思えずにいた。なにせ桁沢は、正式に廻り方を拝命する前に隠密廻りの「応援」という名の仮のお役を二度も果たし、さらには怪我をした来合の代わりとして臨時の定町廻りを数カ月の間大過なく勤めているという経歴を持っているのだ。

加えて、探索に関わる相談ごとを、幼馴染みの来合からというならまだしも、定町廻りに助言をする立場の臨時廻りからも受けるほどに頼りにされてきたという実績まで有している。同じお役の面々からばかりでなく上からも相当な評価を得ていることは、正式な廻り方になるのに定町廻りをすっ飛ばしていきなり隠密廻りのお役を命ぜられたところからも明らかであろう。

五年ほど前、まだ三十を過ぎたばかりの来合が定町廻りのお役に就いたと聞かされたとき、追い抜かれた立花は大いに悔しい思いをし、秘かに妬《ねた》んだものだった。己とさほど変わらぬ時期に、いきなり隠密廻りを拝命した裄沢にも追い越されたことになろうと思うのだが、裄沢に対してそうした感情はなぜか少しも湧いてはこなかった。

まあ、自分の指導役である臨時廻《あんらくさん》りが陰で悪さをしていたことを、まだお役に就いたばかりとはいえ一緒にいるときが長かった自分は全く気づきもしなかったのに、応援として内役から回ってきて自分らとは別に動いていた裄沢がいきなり暴《あば》いたのだから、素直に兜《かぶと》を脱ぐ気になったのも当然であったろう。

そんな思いがあったからか、内藤の問いへ答えるのにずいぶんと慎重になっていたようだ。

「裄沢さんが、何か？」

そう問い返された内藤のほうが、目を見開いた。どうやら、意外に思ったらしい。

「お前さん、何も聞いちゃいねえのかい」

「聞いていないというのは、何についてですか」

「……まさか、空《そら》っ惚《とぼ》けてるワケじゃあねえだろうな」

いくら先達でも、同じ奉行所に勤めているわけではなし、ずいぶんと失礼な言い方にさすがの立花も苛立《いらだ》ちを覚えてきた。

「裄沢さんのことは先ほど問われましたが、それ以外については何のことかはっきり言ってもらえないと、返答のしようがありません」

内藤はじっと立花の様子を確かめているふうだったが、ようやくまた口を開く。

「……まあ、そいつぁいいや──その、裄沢さんとやらについて、教えてもらいてえ」

立花も、こちらから喧嘩を吹っ掛ける気まではない。相手の要求に、言葉を選びながら答えを返す。

「歳はようやく三十五になったかどうかというほどの若さで、廻り方を拝命したのはおいらより少し遅かっただけというくらい、ずいぶんと頭の切れるお人のようですよ。廻り方の応援や手伝いという形ですけど、こたび正式な任命を受ける前に何度も探索に参加して相応の手柄を挙げてきたようですし。

正式に廻り方になって、最初に任されたお役がおいらのような定町廻りじゃあなくって隠密廻りだったってとこをとっても、そんじょそこいらの有象無象《うぞうむぞう》たぁ違うってことがお判りになるかと思いますが」

こんな表現をしてしまえば、自分のことを言ったようでいながら内藤についても「有象無象に引っくるめた」と受け取られかねないことは自覚していたものの、どうにも口が止まらなかった。同じ北町奉行所の同輩について、その優秀さを誇りたい思いもなくはなかったが、大部分はあまりにも無遠慮なもの言いをしてくる内藤への意趣返《いしゅがえ》しの気持ちがあっての口上《こうじょう》だ。

案の定内藤は、含むところがありそうな目で立花を睨み返してきた。が、後進の反抗的な口ぶりには触れず、己の知識を充足したい欲求を優先したようだ。

「ほう、そうかい。だけど、上に突っ掛かってばかりで手がつけられねえって噂を聞いたこともあるが」

「裄沢さんのことを、全くご存じなかったわけではないのですね。なら、定町廻りになるまでほとんど裄沢さんのことを知らなかったおいらより、内藤さんのほうがご存じのことは多いくらいかもしれませんね。

ただ、内藤さんがおっしゃった人物評でおいらが見聞きしたところと違う点を申し上げるなら、裄沢さんが突っ掛かっていく相手は上だけではないそうで」

「誰でも見境なしってかい」

立花は直接否定はせずに、自分の説明を続ける。

「裄沢さんが後ろに退《ひ》かずにぶつかっていくのは、筋の通らぬことをする相手、理不尽《りふじん》な相手、そういう人たちです。そして、みんなの前で相手の悪いところがはっきりと明らかになるように当人をやり込めるから、臑《すね》に傷持つ相手からはずいぶんと怖がられているようですね――そうじゃなきゃあ、いまだに北町奉行所《うちのごばんしょ》に籍を置き続けているというだけでなく、あの若さで隠密廻りに抜擢されることなんてなかったでしょうしね」

裄沢を持ち上げる立花のもの言いに不満そうにしながら、内藤は感想を口にする。

「ふーん。あるいは、ホントの上のほうにゃあきちんと見分けておべっかが使える、ご機嫌取《たいこたたき》りかもしれねえなぁ」

そんな内藤の話しぶりを見て、立花は自分の言いたいことを理解してもらうのは諦めた。どうやら何らかの凝《こ》り固まった考えがあって、おそらく「廻り方に成り立てのヒヨッコ」と見下しているであろう自分程度が何を言おうと、それを変えるつもりはなさそうだ。

であっても、言うべきだと思う存念だけは口にしておくことにする。

「裄沢さんは、立ち向かう相手が自分より上でも下でもやることは変わらないと言いましたが、それだけではありません。筋の通らぬことや理不尽なことをされるのが己でも他の者でも変わりなく――いや、自身では撥ね除けられないほど弱い立場の者がそういう目に遭っているときこそ、裄沢さんはその排除に躊躇《ためら》うことなく向かっていくようなお人だと、北町の廻り方の面々は見ているはずです」

内藤は無言でわずかに顔を背《そむ》けた。どうやら立花が最後に言ったことは話半分どころか一分《いちぶ》も信じてはいない様子だ。

ともかく内藤は聞きたいことを聞き終えて、これで話を打ち切るつもりになったようだ。

「まあ、いいや――仕事の途中に邪魔したな。ありがとよ」

半分は身を翻《ひるがえ》しながらそう言うと、立花の返事も待たず足早に去っていく。

厄介なもの言いをしてくる相手が居なくなってくれることに半分ほっとしながら、立花は小さくなっていくその後ろ姿をしばし見送った。

「へえ、南町の内藤さんがねぇ」

立花の話を聞いた同役の藤井喜之介《ふじいきのすけ》が、いくらか意外そうに口にした。廻り方の中では若手の部類に入る藤井は、南町の内藤と直に接する機会はほとんどないが、持ち場は立花の隣の城西《じようさい》方面であるから全く知らないというわけでもない。

内藤の堅物《かたぶつ》ぶりは北町でもよく知られているものの、いささか杓子定規《しやくしじようぎ》が過ぎるというだけで意固地《いこじ》になったような言動をする男ではないと思われていたから、少々意外だったのだ。

ここは北町奉行所の同心詰所。夕刻になって立ち回り先から戻ってきた外役の同心たちが、次々と姿を現しているところである。

本日市中巡回を行った、定町廻りと非番の定町廻りの代役を勤めた臨時廻り、そしていざというときのために詰所で待機番をしていた臨時廻りが仕事終わりに詰所の中で集まって行う、情報共有のための夕刻の打ち合わせを控えた場でのことだった。

「しっかし、裄沢さんは南町の内藤さんと直《ちょく》で接したこたぁなかったんじゃねえかい？　それとも、安楽《あんらく》さんの一件とかで、どっかで関わり合ってたんですかね」

安楽吉郎次《きちろうじ》はかつて北町奉行所の臨時廻りだった男だが、陰で悪さを働き自滅していた。城南地区での活動も多かったその安楽絡みの諸々《もろもろ》に、半分は巻き込まれる形であったが、裄沢も確かに関わっていたのだ。

定町廻りたちは毎日御番所へ出仕するとはいえ、外役の中でも市中巡回という忙しい仕事を担っていることから、直接廻り方の仕事とは関係のない御番所内の噂話には疎《うと》いところがある。藤井がこのごろの裄沢のやらかしを知らずに内藤の言動に疑問を覚えたのは、それが理由であった。

なお、北町奉行所《きたのごばんしょ》の中でこの話が広がっていなかったのは、南町との関係悪化を懸念した奉行の小田切らが、ことの次第を知る者を必要最低限に留めていたからである。裄沢が隠密廻りという、ある種他の面々からは隔離されたお役に就いていたということで、その謹慎処分があまり周囲に知れ渡らず、従って処分の理由を探ろうとする者が出なかったという事情もあった。

この言葉に対し、去年までは藤井と組になって仕事をすることが多かった臨時廻りの筧大悟《かけいだいご》が、溜息をつきながら応ずる。非番の定町廻りに代わって市中巡回もする臨時廻りだが、そうでないときは待機番として同心詰所でいざ何かが起こった際に備えることから、他の外役らと世間話に興ずることも多いのだ。

「藤井さんは、こたびの裄沢さんのやったことについちゃあ、耳に入ってねえか」

一方南町では、自身の勤める御番所に関わる騒動だから、噂が広がるのは早かった。上層部が何らかの手当てをする前に、与力番所や年番方などで行われたやり取りが多くの者の耳に入ってしまったことから、口止めが間に合わなかったという事情もあった。表立って話されることはなくとも、縁戚関係などから北町の者のほうへも秘かに噂は伝わっていたのである。

「裄沢さんのやったこと？　――また何か、しでかしたんで？」

「ああよ。南町のお奉行様へ、直に文を送ったそうだ」

「南のお奉行様へ⁉　――いってえ、どんな」

「詳しい中身までは聞こえてきてねえけど、どうやら南町の仕事のやり様に、ひと言文句をつけたって話だな」

「まさか、そんなことぉしちまっちゃあ……」

「さすがに何にもお咎めなしじゃ済まねえってかい？　――そいつだきゃあ、おいらたちが心配《しんぺえ》するこっちゃねえようだ」

「え？　でも――」

「裄沢さん、南町へ手前《てめえ》でそんな文届けた後《あた》ぁ、すぐに北町奉行所《こっち》へ戻ってきて己のやったことぁ申し出て『いかようにもお咎めは受ける』と言い切ったそうでよ」

「そんな……なんでそんなことぉ」

すると案ずる藤井に向かって、本日もう一人の待機番だった臨時廻りの三上《みかみ》鐵《てつ》太郎《たろう》が横合いから口を挟んできた。

「でもよ、今朝お前さん方が見回りに出てほどなくしてのこったけど、その裄沢さんが御番所の中から出てきたのがこっからチラリと見えたんで、ちょいと声ぇ掛けてみたんだ。そしたら裄沢さん、『明日っからまたときどきは同心詰所《そちら》に顔を出させてもらいます』とか言ってたから、わざわざ確認まではしなかったけど、南町絡みの一件もさほど大《てえ》したことなく済んだんじゃねえかな」

厳しいお咎めがあるならば、仕事に出ずに家で謹慎の身となっているはずである。昨日までどうだったかはともかく、それまでどおりの出仕が認められたなら大したことにはなっていないと考えられるのだ。

「へぇ、そうですかい。なら、安心ですね」

藤井はほっとした様子を見せたが、その視線が向かないところで老練な廻り方たちは顔を見合わせていた。

確かに、大ごとにはしない方向で、両奉行所の上のほうでは話がついているのかもしれない。しかし、自分らの仕事にケチがつけられたと知った南町の下の者が、このまま黙っていられるかはまた話が別である。

――南町の内藤さんは、憤《いきどお》りが収まっちゃいねえんじゃねえか。

それが内藤一人のことならさほど影響はないであろう。ただ、もし思いを同じくする者が結託《けったく》するようなことにでもなれば、果たしてこれから何が起こるか――気を抜いていて、いいことはなかろう。

もし何かがあっても、自分らまで手を出してしまえば余計にややこしいことになりかねないと悩みながらも、そんな予測を共有していたのだった。


北町奉行所の同心詰所で廻り方が夕刻の打ち合わせをしているころには、南町奉行所でも所属する廻り方によって同じことが行われている。そこでちょうど今、本日出仕したそれぞれが皆に伝えるべき連絡事項をひととおり述べ終わったところであった。

「じゃあ今日はそんなところかい」

臨時廻りの中でも豊富な経験と確かな統率力で皆から敬《けい》されている男が、話し合いの締めのつもりで一同に確認した。すると、こうした場では普段から口が重く、今日も特段発言をしなかった者が、意外にも声を上げた。

「ちょっといいですかね」

「？　内藤さん、何か言い忘れたことでもあったかい」

「いや、直接おいらたちの仕事と関わりあるかってえと、なかなかそうも言えねえことでちょっと」

「直接関わりはねえ？　――そいでもこの場で話してえってえのは、どんなことだね」

内藤はわずかに押し黙った後、踏ん切りをつけたように話し出した。

「ここにいるみんなも、おいらたち南町の仕事ぶりについて、わざわざお奉行様宛でイチャモンつけてきた野郎がいるってえのは聞いてんだろう」

数人が互いに目を見合わせたが、内藤の言葉へすぐに反応する者はいなかった。そこで言い出した当人が話を続ける。

「しかもそいつぁ、北町の廻り方だってんだから、おいらたちが知らんぷりしていい話じゃあねえと思うんですが」

脇から内藤を宥《なだ》めようと、一人が声を上げる。

「内藤さんよ。お前さんは見回りに出ててまだ耳に入っちゃいねえかもしれねえけど、そのことについちゃあ、上のほうでもう片がついてるようだぜ」

「ほう、出しゃばった野郎をきちんと咎めるように、何か北町《むこう》へ言ってやりましたかい」

「いや、そいつはどうだか知らねえけど、向こうから言ってきた岡鳥問屋に関わる訴えがきちんと取り上げられてねえってことの絡みで、その詮議に携わった吟味方与力の他のお裁きも調べたところ、確かに不正があったってことが明らかんなったそうだ。

そうなりゃ、向こうから言われたことたぁあながち間違ってたとは言えねえことんなんだろ」

だから南町としても北町に対してことを荒立てるまねはしない方向だ、という話の持っていきように、内藤は反発した。

「この御番所の中のことについちゃあ、そんでいいんでしょうよ。そのことについちゃあ、おいらも文句はねえですよ。

けど、北町の野郎がこっちの中のことぉ引《ひ》っ掻《か》き回《まわ》してきたのぉ、ただ黙って見過ごしていいんですかね。おいらが言いてえなぁ、そのことについて皆さんがどう考《かんげ》えてるかってことですよ」

ムッと押し黙る者、内藤に同意して頷いている者、あるいは面倒な話をと辟易《へきえき》する思いを押し隠している者と様々いる中、定町廻りの川田は己の表情が変わらぬよう懸命に努《つと》めていた。

背中には冷や汗が流れている。内藤が非難している裄沢の行動は、そもそも川田が教えた事柄《情報》に基づいて行われたことなのだから。

川田はとりあえず、この場で目をつけられぬようそっと気配を殺したまま議論の成り行きを見守ることにした。どうするかは、話の流れがどうなるか次第。場合によっては肚を決めなければならない《自ら告白し》かもしれない。

内藤の憤りへ最初に反応したのは、直前に宥めるほうへ回っていた臨時廻りだった。

「けどよ、上のほうがことを収めようとしてるってえのに、おいらたちが騒ぎ立てるってえのも、どんなもんかねぇ」

　この逃げ腰に、内藤は即座に嚙みつく。

「上がそんなふうだから言ってんじゃねえですか。なら、おいらたちゃあ向こうに言われ放題、そいつをお説ごもっともで大人しく承ってりゃいいってこってすかい」

「いや、そんなことを言ってるワケじゃねえけど——第一《でえいち》、北町がみんなお前さんの言うところの跳ねっ返り、ってえことでもねえだろう」

「だからって、好き勝手やってる当の跳ねっ返りをそのまんまにしといていいんですかって申し上げてるんですよ。そんなこととしてたら南町《こっち》ゃあずっと北町《むこう》に舐《な》められっ放しになりますぜ。するってえとこの先どうなるか——あんな野郎がこれから続々と向こうに湧いて出てきたっておかしかねえ。そんなんなるまで、皆さんずっと黙って見てらっしゃるってえんですかね」

　激情そのままに皆を煽《あお》ろうとする言葉を投げつけた内藤に、この打ち合わせの場を取り仕切っていた臨時廻りが反問した。

「じゃあ内藤さんよ。そう考えるお前さんは、いってえどうしてえって言うんだい」

一つ息を吐いて気を鎮めた内藤が、皆を見渡しながら意見を述べた。

「皆さんが賛同してくれんなら、連判状《れんばんじょう》を出してもいいんじゃねえかと」

過激な意見に、再度皆が目を見合わせた。

「連判状……そいつを、どこに出すってえんだ？」

一番言いたいことを口にし終えた内藤は、それまでよりも落ち着いた態度で返答した。

「筆頭与力の首藤様か、その上の南町奉行《おぶぎょう》様になりましょうな。それで突っ返されたり握り潰されたりしたときゃあ——向こうのお奉行様へ直に差し出す手もあるんじゃねえかと」

「！」

「あっちがそうしてきたんだ。こっちがおんなしことぉやったって、文句言われる筋合いはねえでしょう」

内藤は、傲然《ごうぜん》と胸を張って周囲を睥睨《へいげい》した。

三

翌日。内藤は心の内で沸々《ふつふつ》と湧き上がる怒りを抑えきれぬままに市中巡回を続けていた。結局昨夕の打ち合わせでは、はっきりとした結論は出なかったのである。

内藤の憤りに共感してくれる同志は少なからず存在したものの、そういった連中でさえ、ほとんどが内藤のような思い切った手に出ることには二の足を踏んでいる。さらに、「そんなことに手ぇ出して、自分らが南北の仲違いを引き起こす大因《おおもと》になっちまったらどうするよ」との懸念を表明する者が現れると、志《こころざし》を同じくする者らもたちまち勢いが萎《しぼ》んでしまったのだ。

――「南北の不和を怖れる」なんてなぁ、半分がた言い訳だ。本音のとこは、自分らがそんなこととして、目立っちまった後で問題の責めを負わされんのが怖え《こえ》だけだろ。

日和見《ひよりみ》ばかりしてる臆病者《おくびょうもの》どもが、と口には出さずに心の中だけで吐き捨てる。供をしている御用聞きには聞かせられないことではあるから。

内藤には、これまでひたすら実直に御番所の勤めを果たしてきたという自負がある。上からどれほど理不尽なことを言われても耐え忍び、しかしながら己にできる限りにおいて、町方役人として恥じるところのない生き方を貫いてきたつもりだ。

そんな内藤からすれば、一介の平同心がいきなり余所《よそ》の役所の頭《てつぺん》にもの申すという破天荒《はてんこう》な行動を見逃すことなどできるはずがない。そんなことを容認すれば、「上意下達《じょういかたつ》による意志の統制下での連携によって成り立つ」という組織の有りようの根幹が、崩れてしまうではないか。これぞ、ご先祖様が兵を率いて戦《いくさ》に明け暮れた昔から連綿《れんめん》と引き継がれてきた、武家の組織の絶対不偏《ぜったいふへん》な有りようなのに。

たとえ裄沢とかいう男の申し立てにより南町の中の不具合が多少修正されることになったとしても、それは目先のことにしか過ぎない。長い目で見て町奉行所という組織の成り立ちが崩壊してしまうようなことをしたのなら、元の行為でどんな結果がもたらされようと、それはやはり間違いでしかないのだ。

そりゃあ内藤《じぶん》だって、北町の廻り方に意見したことはあった。同じ城南を持ち場にしていた定町廻りの佐久間弁蔵《さくまべんぞう》や、その佐久間の主な指導役だったはずの安楽吉郎次のいい加減な勤め方がどうにも目に余ったため、仕方なく苦言を呈したのだ。

あのときはああするしかなかったし、今振り返ってみても己の行動は絶対に正しかったと断言できる。なにしろ当人たちに面と向かってものを言ってやっただけで、お奉行はもとより北町の上役の誰かに告げ口するようなマネは、いっさいしなかったのだから。

その点、こたびの裄沢という男のやり様には憤りを禁じ得ない。なぜに自分のところではない役所の、しかも当人ではなく頂点に立つ人間へ、途中をみんなすっ飛ばしてものを言ってこなければならなかったのか。

やり方が、どうにも傲慢に過ぎる。決して黙って見逃してよいことではあるまい。こんなことを見過ごしていたなら、役所の秩序という大事な枠組みが無茶苦茶になってしまう。

今までいくらか頼りないところはあっても仲間だと思っていた同輩の連中には、それが判らないのだろうか。俺があれだけ口を酸っぱくして言ってやったのに。

内藤は、裄沢によって引き起こされた秩序への叛逆《はんぎゃく》に対する怒りと、それに十分対処することなく放置している南町の上《うえ》つ方《かた》への焦《じ》れったさ、そして己の考えに賛同しない同輩への落胆に頭が沸騰《ふっとう》する思いであった。どうなればよいかははっきりしているのに、何もかもが上手く進まず憤悶《ふんもん》するばかりである。

余計な手出しには思い知らせるべきと供についた御用聞きは、いつも以上に取っ付きづらい気配の内藤をチラチラと窺っていたが、見られている当人がそれに気づくことはなかった。

——普段から付き合いやすい旦那じゃねえけど、今日はまた一段とご機嫌斜めらしいや。

昨日お供についた者から話は聞いていたが、こんなときにブチ当たるたぁついてねえと、御用聞きは内藤に気づかれぬようにそっと溜息をついた。

むっつりした顔のまま歩いている内藤の視線の先に、市中巡回で道を横切っていく北町の立花の姿が入り込んだ。昨日は立花を待ち伏せたが、今日は本当に偶然だ。

——こんなとこで出会ったのも、一つの巡り合わせか。

内藤は、視線を前に向けたまま、ついてくるお供に口だけで告げた。

「おい、ちょいと急ぐぜ」

言い放つや返答も待たずに足を速める。

「えっ。ちょっと、旦那？」

次に向かうべき番屋は目の前の角を左に曲がった先になるはずなのに、内藤はその四つ辻《よつつじ》を逆に右に曲がって歩んでいく。普段から気むずかし屋の内藤に、供をする御用聞きが意見を口にできるわけもなく、ともかく黙ってその背中を追うことにした。

市中巡回をする廻り方は普段から急ぎ足なのに、さらに足を速めたものだから、二人は周囲を歩く者が「何かことが起こったのか？」と振り返るほどの小走りになっていた。


「おう、立花さんよ」

背中から不意に声を掛けられた立花は、足を止めて振り向いた。声を聞いて予測したとおり、自分を呼び止めたのは南町の内藤だった。

――二日続けて、何だってんだ。

ウンザリしていてもそれを表情に出すことなく、落ち着いて言葉を返した。

「これは内藤さん――どうなさいました。昨日お答えしただけでは、足りませんでしたか？　もっともそう言われたとしても、それがしの知っていることだとあれ以上の返答はできませんが」

内藤は立花の顔をしばらく眺めてから答えてきた。

「いや、今日はおいらたちのお勤めのことについて、ちょいとお前さんに伝えておきてえことがあってな」

「お勤めについて伝えておきたいこと？」

「ああよ。お前さんも定町廻りとして毎日《めえんち》この辺りを歩き回ってるからにゃあ、一《ひと》ツ木町《ぎちょう》の石黒屋《いしぐろや》は知ってるよな」

江戸城《おしろ》のほうから赤坂御門《あかさかごもん》を出ると大きな通りはすぐ左手へ折れ、お濠《ほり》に沿った道となる。この赤坂田町《たまち》の大通りと平行して、二本西側を走っているのが一ツ木町の道だ。赤坂田町を中心にしたここいら界隈《かいわい》が、立花や内藤の持ち場で最も栄える町家だった。

「……米屋の石黒屋ですか」

「おう、その石黒屋だ」

一ツ木町は、いくつもの町が集まっている赤坂の繁華な町並みでも端のほうになり、田町などと比べれば「町はずれ」の感が否《いな》めない場所だ。そこに建つ米屋の石黒屋もさほど大きな見世ではなく、目立ったところのない地道な商売を続けているという印象を立花は持っていた。

「石黒屋で、何か騒ぎでもありましたか」

「いや、そんな話じゃねえんだが――あそこの米はよぉ」

「はあ」

「ちぃと高かねえかと思ってよ」

「そうですか？　さほど他の見世と違っているという話は聞いたことがありませんが」

「お前さん、自分の目できちんと見てそう言ってんのかい」

「いえ。そこまではしておりませんけど……」

疑問を浮かべる立花に、内藤は平然と先を続けた。

「そいつぁいけねえ、持ち場ん中のこった。ちゃあんと調べて、お前さんなり誰なり、北町できちんと指導してやらねえと」

「そうですか……」

江戸の町を六分割したうちの一つを預かり、そこに建つ番屋を一軒一軒虱潰しに経巡《へめぐ》り歩く定町廻りに、いちいち各商家の品物の値段を確かめて回るような余裕はない。そんなことは、同じお役を勤める内藤ならば百も承知のはずだ。

立花は気を取り直し、内藤の真意を探ろうとした。

「それがしと同じく市中巡回を行っている内藤さんがお気づきになったのに、ご自身でやらずにこちらに話を持ってきたのはなぜか、伺ってもよろしいでしょうか」

「そりゃあお前さんが北町の廻り方だからよ」

何を当たり前のことを、という表情で内藤が続ける。

「なにしろ、諸色調《しよしき》べのうち米の値段についちゃあ、北町の専任だろうが。南町のおいらが余計な手出しをするワケにゃあいかねえじゃねえか」

「それは……」

先にも書いたが、御肴青物御鷹餌鳥掛が南町だけに置かれているように北町だけが任されている仕事もあって、市中取締諸色調掛の業務のうち米の価格変動については北町の専権事項であった。

ちなみに、同じ市中取締諸色調掛の業務の中で、青物の価格変動については南町だけに任されている。北町が米だけで南町は御肴青物御鷹餌鳥掛の業務と青物の価格変動の二つを任されているのは分担が公平でないようにも見えるが、売り惜しみや買い溜《かだ》めなどで値をつり上げることができ代替の利かない主食の米と、生鮮食品《保存の利かない品》でかつ副菜《買い換えも容易な》の青物や、ごく一部に需要が限られる鷹の餌などでは、重要度にも調査の手間にも大きな差があることからこのような分担にしたものと思われる。

なお余談ではあるが、お上が青物の価格変動を注視した意図は、米とは全く違っていたものと思われる。米の大きな価格変動や供給の大幅不足はそのまま騒動に繋がりかねないから、為政者がこれに注意を払ったのは当然であったろう。

一方の青物についてだが、たとえばこの時代、事業家的な性格を有する百姓の中に、茄子《なす》を暖房の効いた屋内で育て、通常の露地栽培物《ろじさいばいもの》よりかなり早く売り出すような者が現れた。現代の温室《ビニールハウス》での栽培よりはずっと手間も金も掛かったはずだが、旬《しゅん》を先取りした縁起物《えんぎもの》と喜ばれ、贈答品などとしてとんでもない高値で売れたという。

お上の青物注視は、このような度を超えた贅沢品《ぜいたくひん》の規制の意味があったのは当然として、そうした贅沢品を育てるために余分に消費される炭などの価格上昇が庶民の暮らしに与える影響をも、考慮したとの考え方も可能であろう。

内藤の言いように、立花は二の句が継げなくなった。

内藤のものの言いは明らかに無茶振《むちゃぶ》りであり、屁理屈《へりくつ》である。が、屁理屈なりに筋は通っているし、何より内藤は、勤め先は違えど自分よりずっと先達になる。真っ向から逆らうことは避けるべきとの判断が働いた。

そこで、内藤の言葉をそのまま使って逃げを打つことにした。

「そうですか、お話は承りました。それではお伝えいただいたことに基づき、まずは自分の目で確かめようと思います。その上で、どうすべきかはこちらの臨時廻りなどとも相談してやっていこうと存じます」

立花がどう反応するかをじっと観察しているふうだった内藤は、反発してきたり怒りの表情を見せてこなかったことで半分当てがはずれ、しかしもう半分は従順に自分の言葉を受け止めた態度に満足した。

——まあ、「自分の目で見ろ」ってえなぁこっちから言い出したことだから、すぐに米屋へ働き掛けるような動きに出ねえなぁ仕方ねえか。思ったよりゃあ、ちぃっとときが掛かっちまうようだな。

そう自分を得心させたが、それでもそのまま解放してやるつもりはない。

「おぅ、じゃあよろしくな——ああ、さっきは石黒屋のことぉ例に出したけど、あの辺りにゃあ他にもそういうことぉしてるとこが何軒かありそうだ。確かめは、きっちり頼むぜ」

――また面倒なことを。

内心でそう思っていても、顔には出さない。立花は「ありがとうございました」と礼を言っただけで、内藤と別れたのだった。

四

その日の夕刻の北町奉行所、同心詰所。他の外役同様、市中巡回に出ていた廻り方が次々と戻ってくる。その中には当然、自身の持ち場を回り終えた立花もいた。

「お疲れ様です」

「おう、お疲れぃ――どうしたい、でえぶウンザリした顔して。まぁた内藤さんあたりからナンか言われたかい」

昨日同様に出仕していた臨時廻りの筧が、立花の様子を見て声を掛けた。

「お察しのとおりです」

立花は苦笑いをしながら答える。半分揶揄《からか》いのつもりだった筧は、思いもせぬ紛《まぐ》れ当《あ》たりに当惑する顔になった。

「何か、ありましたんで？」

昨日は非番だった定町廻りの来合が問うてきた。前日非番だったりまだ戻っていなかった者は他にもいるから、筧は立花から聞いた昨日のやり取りを掻《か》い摘《つ》まんで披露する。

「そいつぁ……」

定町廻りの西田が顰《しか》めっ面《つら》になった。臨時廻りの室町が、筧の説明を受けて今日のやり取りに話を向けた。

「で、立花さんの様子からすると、裄沢さんのことぉ訊かれただけじゃあ済まなかったってこったよな」

「じゃあ、打ち合わせが終わった後で聞いてもらえますか」

立花の願いに応じ、早々に夕刻の打ち合わせが始まった。今日はその後にやるべきことがあるから、手っ取り早く終わらせる。

「じゃあ、立花さん」

皆の促しを受けて、立花は今日内藤と出くわしてからのいっさいを開陳《かいちん》した。

立花の話が終わっても、しばらく口を開く者はいなかった。その沈黙を破ったのは臨時廻りの石垣《いしがき》多門《たもん》だ。

「内藤さんの言ってることぉ、そのまんまに受け止められやしねえよな」

「ああ、実際に憤懣《ふんまん》ぶつけてえ相手は、別にいるようだしな」

そう応じた筧が誰を指しているのかは、口に出さずとも皆が判っている。

「じゃあ、どうするよ。まさか内藤さんにこっちから苦情を言ってやるワケにもいかねえだろう」

駄目ですか、と真っ直ぐな問いを放ったのは来合。こたびの問題の発端に裄沢が絡んでいるためか、陽が落ちかけている今からでも飛び出していきそうだ。

「まあ、言《げん》を左右にして惚《とぼ》けられんのがオチだろうね」

宥《なだ》めようという意味も含めて、西田が自身の予測を口にした。それに石垣も付け加える。

「下手すりゃあ、北町の廻り方の連中から言い掛かりをつけられたなんて言い出して、南町の廻り方と角突き合わせるようんなるとこまで、あるかもしれねえしな」

そんな騒動の因《もと》になるなよと、暗に来合に釘を刺したのだ。

「けど、筧さんとしてもこのままにしとくワケにゃあいかなかろう？」

筧にそう水が向けられたのは、筧とよく組む定町廻りが立花で、いわば筧がその指導役の立場にあるからだ。問われた当人が返答する前に、横から立花が言ってきた。

「いや、筧さんをはじめ皆さんに迷惑を掛けるつもりはありません。どうにか内藤さんをいなして、ことを荒立てないようにしていきますから」

「そう言うけど、向こうはお前さんより何年も先達の廻り方だ。ああいう手練手管《やりようそう》についちゃあ、経験豊富《うみせんやません》だぜ」

西田の懸念に、石垣が賛意を示す。

「それによ、こっちにしたって、仲間の一人にそんな無理難題吹っ掛けられてんのを黙って見てるワケにゃあいかねえよ。別に向こうが、頭ぁ下げて嵐の通り過ぎんのを待つしかねえお偉方ってワケじゃねえんだしな。おんなし廻り方同士でそんなことされてんのを気づかねえふりなんぞしてたら、どこまでも舐められちまう」

「けど、じゃあ、いってえどうするんで？」

西田の問いに、即座に答える者はいなかった。そんな皆を見比べて、室町が口を開いた。

「この話ゃあ、いったん臨時廻りで預かろうか」

「ですが、室町さん――」

皆の負担になることに気後れする立花が言いかけたのへ、室町が被《かぶ》せる。

「お前さんに任せっきりにしちゃあ、北町の廻り方全体の沽券《こけん》に関わるってなぁ、お前さんも判るだろ。ならここは、いったんおいらたちに任しちゃくれねえか――なぁに、内藤さんとやらがどんだけ手慣れてたって、臨時廻りのおいらたちと比べりゃあヒヨッコだ。亀の甲《こう》より年の功よ、まずは苔生《こけむ》してる連中の手並みをご覧《ろう》じろってな」

立花を宥めて得心させる言いようを聞いた筧が、「苔生してんなぁ、臨時廻りン中でも室町さんぐれえだろう」とポツリと呟く。

「筧さん、おいらぁこのごろちょいと耳が遠くなったようでよ。お前さん、今ナンか言ったか？」

「いや、さすが室町さん。いいこと言うなぁと思っただけで」

最後の二人の掛け合いで、打ち合わせの場にいる皆の気持ちはずいぶんと軽くなったようだった。

裄沢が出先から自分の組屋敷へ戻ると、帰りを待つ来客がいた。迎えに出てきた下働きの重次からそれを聞いた裄沢は、自身の部屋へと戻る前に居間兼用の客間に顔を出す。

入り口から覗き込んで見えたのは、まるで自分の家のように遠慮のない様子でデンと胡坐《あぐら》をかいて居座る大男だった。

「どうした、何か急用か」

「いや、先に着替えてきていいぞ」

声を掛けられる前から気配のするほうへ顔を向けていた客——来合が、怒ったような顔で返してきた。返答からすると、これからどこかへ連れていかれるという話ではなさそうだ。

「そうか、じゃあもうちょっと待っててくれ」

自身の寝間に戻った裄沢は、町方装束から部屋着に急いで着替えて客間へと戻った。

「で、どうした」

裄沢は来合と向かい合って腰を下ろしながら問う。向かい合う男はいきなり大声を上げた。

「どうしたもこうしたもあるかっ！」

「？　何か、怒ってんのか」

怒ってんのかじゃねえだろうと、来合はドンと目の前の畳を殴りつけた。裄沢は驚くでもなく、それまでと同じ調子で言ってくる。

「おいおい、こんな安普請《やすぶしん》でもお上からの拝領屋敷だ。壊してくれんなよ」

「いくら何でもこれぐらいで壊れるか！」

「まあ、普通の野郎がやったんならそうだろうけどよ」

裄沢の他人事のような感想に、来合は黙って相手を睨む。

「で、いったいどうした」

「お前、またやらかしたらしいな」

一瞬キョトンとした裄沢だったが、「ああ」とすぐに得心顔になった。

「聞いたのか」

「わざわざ聞こうとしなくたって、嫌でも耳に入《へえ》ってくるぐれえのこったろうが」

「けど、無事に終わったぜ」

来合は何か言おうとしていったん思い直し、改めて口を開いた。

「無事に終わったってなぁ、偶々《たまたま》そうなったってだけだろ」

「うーん。そうかもしれないなぁ。けど、やらないワケにゃあいかなかったからな」

「……独りでか」

「こんなことに誰かを巻き込んだって、万が一のときに咎《とが》を受ける人数を増やすだけだろ」

「だから、こっちにゃあ何も言わずに？」

「無駄に咎人増やすだけってえのは、お前さんだろうが他の誰だろうが変わりゃしないからな——それとも、お前さんなら別だったとでも言いたいのか」

「……おいらの持ち場は、本所深川だ。錦堂や橘屋の話なら、おいらにだって関わりはあろうが」

嚙みついてくる来合を、裄沢はじっと見つめた。口調を改めて、静かに語り出す。

「それを言うなら、錦堂は俺がお前さんの代わりに定町廻りを仰せつかってたときに知り合ったところ、いわば俺の出入り先だ。誰の持ち場にある見世でも、先方からすりゃあ出入りの町方のほうを頼りにするのは当然だろう」

裄沢が口にした道理に来合は詰まったが、拗《す》ねたように零《こぼ》す。

「そんでもこっちにゃあ、ひと言もねえってか」

「轟次郎。あれは、お前さんが信用できるかどうかで俺に来た相談じゃあなかった。俺が縁を結ぶことになったとき、錦堂は見世を畳まなきゃいけないかどうかの瀬戸際《せとぎわ》だった。そんなときに関わった俺だから、向こうさんは『とても叶う願いじゃあないだろう』と思っていながら駄目元で——というか、解決できないこと諦めながら、誰かに聞いてもらいたい一心で俺に話してきたんだ。

　お前さんだって、信用してる相手なら誰にだって愚痴を零せるってワケじゃあないだろう」

「……その、当人だって諦めてたようなことを、お前さんはまたスッキリ解決しちまったんだよな」

「こたびはどうなるか、ホントに判らなかったけどな」

「錦堂がおいらのほうに言ってこなかったことについちゃあ得心したけど、お前さん自身、そんな先の見通しも立ってねえようなときに、こっちにゃあ知らせちゃあくれなかった」

　淋《さみ》しそうな本音が漏れたところで、裄沢はあえて冗談を口にした。

「まあ、俺にもお前さんにも得手《えて》不得手《ふえて》があって、今度のことはお前さん向きじ真剣《ほんみ》片手にやあなかったってだけだ。もしお前さんにちょっとでも漏らしたら、南町に乗り込んで、相手の吟味方へ斬り付けかねなかったからなぁ」

来合本来の気性からすれば、真剣振り翳《かざ》して南町に襲撃を掛けるまではいかないまでも、どこかで相手の吟味方与力と出くわしたなら、いきなり殴り掛かるぐらいはあり得そうだ。まあ、妻を娶《めと》ってその腹には子もいる今となっては、そこまで無鉄砲なことはしでかさないだろうが。

振り返れば、己はそうした成長を全くしていないのではという自覚が多少は心を疼《うず》かせるが、そこはあえて見ないふりをしておくことにする。

裄沢に憤懣をぶつけて気持ちの落ち着いた来合とは、その後はほとんど雑談になった。ころあいを見て顔を出した下働きの茂助が「夕餉《ゆうげ》をお持ちしてよいか」と問うと、来合は不意に気がついたようにやおら立ち上がり、「飯は家に戻って摂《と》る」と言い放つや引き止める間もなく帰っていった。

まあ、むさい男同士で面突き合わせて搔《か》っ込《こ》むより、恋女房《こいにょうぼう》に給仕してもらうほうが、遥かに飯は美味《うま》いだろう。

帰っていく来合の背を見送り戸口から家の中へ戻ろうとすると、後ろをついてきた茂助に声を掛けられた。

「つい先ほど、ちょいと用で表へ出たら、ちょうど室町様がいらしたところだったのですが」

「なんだ、通ってもらえばよかったのに」

「それが、来合様がいらっしゃっていると申し上げたら、『また出直すので中には知らせなくてよい』とおっしゃって、そのままお帰りになりましたので」

室町が一番よく組む定町廻りが来合だから、遠慮したとは考えづらい。ならば、来合には聞かせたくないか、余人を交えず二人《ふたり》だけで話したいことがあったのだろう。

「では陽も暮れたが、飯の後に室町さんのところへ足を運んでみよう」

何の話だろうかと思いながら、裄沢は茂助にそう告げた。

五

翌々日。非番明けの内藤は、いつものように持ち場の町々を巡回している。今日は白金《しろかね》のほうから順に北へ向かっていき、ようやく赤坂の近くまで達したところだった。

――そういやあ、北町の立花に言ってやった一ツ木町の見世は、この先になるんだったな。

腹立ち紛れに絡んでみたが、立花があの後どうしたかはまだ確認していない。

――なら、石黒屋や他の米屋を何軒か見て回って、きちんと言われたことぉやってるか、確かめとこうか。

やっていればそれでいい。結果も出ないような徒労に終わる仕事、汗水垂らして駆けずり回っているのを陰から嗤《わら》って見てりゃあ、いくぶんか気も収まろう。

もし手もつけていないなら――。

――あんな言い抜けしといて、実際にゃあ手もつけてねえとなったら、ただじゃ済まさねえ。こっちを甘く見んなら、しっかり躾《しつ》けてやろうじゃねえか。なぁに、こっちだって伊達《だて》に何年も廻り方を勤めちゃいねえ。甚振《いたぶ》りようは、いくらでもあるんだからよ。

気合いを入れ直して、前へと踏み込んだ足に力を入れた。

ふらりと石黒屋に立ち寄った内藤は、不機嫌な顔で見世を後にした。番頭に訊いたところ、立花をはじめ北町の町方は誰も訪ねてきていないということだった。

——おいらから言われたことを無視しやがるか。上等だ、いい度胸じゃねえか。けど、このおいらに舐めたマネしやがったのぉ、そのまんまに済ましゃあしねえぜ。吠《ほ》え面《づら》かくなよ。

新たに湧き上がってきた怒りを胸に、お供を置き去りにする勢いで歩き出すと、横合いの路地から声を掛けられた。

「南町の内藤殿にござろうか」

すぐに足を止めてぱっと身体の向きを変え、声のしたほうへ身構える。見やれば、町方装束に身を包んだ三十半ばの男が立っていた。

見憶えがあるような気もするが、名は思い浮かばない。少なくとも南町の役人《者》ではないはずだ。

「誰でえ、お前《めえ》さんは」

低い声で応じた内藤の鋭い誰何《すいか》にも、相手が心を揺らす様子は見られなかった。

「これは失礼、ご存知かと思っておりましたので。それがしは、北町の隠密廻りで裄沢広二郎と申す者にござる」

——裄沢。この男が……。

内藤はまじまじと相手を見やり、それから口を開いた。

「裄沢さんとやら、どうやらお前《めえ》さんは、ずいぶんと顔が売れてるつもりでいらっしゃるようだなぁ」

「なに、同輩の廻り方から、内藤殿がそれがしに関心がおありと聞いたものですから」

「……まぁ確かに、顔はともかく、名はでえぶ派手に売ってるようだからな」

「これまで一度も、自分の名を売ろうと動き回ったことはないつもりなのですが」

「そいつぁ話半分に聞いとこうか。お前《めえ》さんの言い分をそのまんま鵜《う》呑みにするにゃあ、耳に入《へえ》ってくる噂がずいぶんと目立った振る舞いだからよ」

「それは、他に手立てがないとなれば、やむを得ずそういったこともしますので」

「へえ、他に手がなくってかい」

「はい。それ以外では、どうにも上手くいきそうになかったものですから」

「そいつぁ、でえぶ得意げな言いようだよなぁ」

「……得意になっていると。俺が？」

「違うのかい。余所のお奉行んとこへヒラの同心が遠慮もなしにものを言うような派手なマネぇやらかしたんだ。そりゃあずいぶんと気分のいいこったろうよ」

「内藤殿には何か誤解があるようですが、やらずに済ませられたならやってはおりませぬ。口幅《くちはば》ったい言い方ながら、それがしが余計なマネをせずとも南町の中で誤りが正されておらば、それがしの出る幕などなかったはずにございましょう」

「ほう。たとえこっちに何か誤りがあったことが大因だったとしても、お前さんなんぞが出しゃばらなくたって、いずれは正されたんじゃねえのかい。おいらにゃあ、そんなふうにしか思えねえんだが」

「なるほど。内藤殿のおっしゃるとおりだとして、誤りが正される前に大いなる迷惑を蒙《こうむ》った者らは、いつまともな扱いをしてもらえるようになるのか判らぬまま、ずっと耐えて待ち続けるべきだと」

「へっ、こちとらを誰だと思ってやがる。少なくともお前さんよりゃあでえぶ長《なげ》えこと、このお役を勤め続けてる廻り方だぜ。そんな上《うわ》っ面《つら》な言葉じゃあ誤魔化されやしねえよ——餓鬼《がき》じゃあるめえし、お前さんの言うようなこたぁ、この世の中にいくらでも転がってるってことぉ知らねえワケじゃあねえだろう。

それともナニかい、おいらじゃあとっても手の出ねえ世の中の誤りとやらを、お前さんの前でズラリと並べてみせりゃあ、お前さんが端から端までみぃんな綺麗に片付けてくれるとでも言うんかい」

「確かに、それがし程度ではどう足掻《あが》いても正せぬ世の誤りはありますし、全てをどうにかしようとしても、手の届かぬところはいくらもありましょう。

しかしながら、それがしでどうにかできそうで、しかも見逃しておくことのできぬほどに大きな迷惑を蒙っておる者がおるならば、手の届く限りなんとかしてやりたいと思うのを、間違ったことだとは考えておりません」

「お前さん、ご大層なことぉ抜かしてるが、そうやって下の者《もん》が己の分《ぶん》をわきまえずに上に突っ掛かっていくような不作法が、当たり前《めえ》に罷《まか》り通《とお》るように変わっちまったら、やがてお役所の仕組みが成り立たずガタガタになっちまって、お前さんが言うような一つひとつの迷惑を超える、世の中全体の迷惑につながるたぁ考えやしねえのかい。

お前さんのは、手前《てめえ》の目の前にあることしか見てねえで、己のやろうとしてることが後々《のちのち》どんな結果に繋がんのかってこたぁ気にも掛けねえ、考えなしの振る舞いなんだよ」

「確かにどのようなことでも無秩序に下から突き上げるようであれば、内藤殿のおっしゃるようなことになる懼れは大いにありましょう。しかしながら、誤っていることが見逃されたまま放置されているようなことが数多く人々の目につくようになると、それはご政道への不信につながります。

全てやってよいとはそれがしも思ってはおりませんが、どうしてもそのままにしておけないことについては、ときに上下の境を越えてもあえてなすべきことがあるのではないでしょうか。それがしが後々のことを見ようとしていないというならば、失礼ながら内藤殿はさらにそれよりも先は見据えていない、半端なものの見方で済ませておられるように、それがしには思えます。

必要不可欠な修正はきちんと掛け続ける行為を怠らず、誤りが正されていってこそ、内藤殿の言われるお役所の仕事がガタガタになることなく先々まで続けられていくし、こたびについていえば南町の誤りはきちんと正されたのだと、それがしは考えるのですが」

真っ向からの反論に、内藤はカッと熱くなる。が、年の功でそれを見せることなく反撃に転じた。

「おお、ご立派だねえ。じゃあ、おいらがお前さん言うところの『どうにかできそうで、しかも見逃しておくことのできぬほどに大きな迷惑』ってヤツをいくつか見繕《みつくろ》ってやるから、お前さんにゃあ、そいつをみんなどうにかしてもらおうかい」

「……そういうことを、内藤殿はいくつも知っておられると？」

「ああよ、その気んなって探しゃあ、さほど手間なくいくらだって拾い出せんだろうさ」

「内藤殿は、そのような状況にあることを知っていて、なおかつ簡単に見つけることもおできになるのに、自分では何もなさらずそれがしに皆放り投げると」

「……お前《めえ》、さっきっからずいぶんな言いようじゃねえか」

「内藤殿のもの言いに合わせた言い方しか、しておらぬつもりですが」

「おうっ、手前《てめえ》。ここで待ち伏せてたとっからずっと、おいらに喧嘩《けんか》売ろうって魂胆《こんたん》だったな！　あぁ？　なら上等だ。ご要望にお応えして、その喧嘩、きっちり買ってやるぜ」

「これは思い掛けないお言葉を。そもそもこちらに喧嘩を売ってこられたのは内藤殿ではございませんか。まさか、それにご自身で気づいておられぬと？」

「何言ってやがる。おいらぁ、お前さんたぁまともに話すのは今日が初めてだろうがよ。それでどうやって、こんな言い掛かりをつけられる前《めえ》にお前さんに喧嘩売れるってんだ」

「内藤殿。ここまでの話の中で、内藤殿がそれがしに憤懣を溜め込んでいることはよく判りました。しかし、それならばそのご不満を直接それがしにぶつければよかったはず。何も回《まわ》り諄《くど》いことをして、持ち場の重なる北町の廻り方に八つ当たりをする必要はございますまい」

「なぁにが八つ当たりでえ！　おいらぁお前さんがやったように、北町がやるべきことを、その北町にきっちり教《おせ》えてやっただけじゃねえか――ただし、北のお奉行様宛じゃあなくって、当の現場を持ち場とする廻り方に、だがよ」

　内藤は裄沢へ得意げに嗤ってみせる。が、その当《あ》て擦《こす》りが通じていないのか、裄沢は平然と返してきた。

「町の米屋数軒で、他より一升あたり五文やそこいら売り物の値を高くつけられていることが、市中取締諸色調掛が目をつけねばならぬ米価の変動に直接繫がりましょうか。米だとて、産地や出来具合、あるいは新米か古米かなどによって値に上下があることは、子供でも知っている道理。

　本来、市中取締諸色調掛が気をつけねばならぬのは、多くの米屋や米問屋などが結託し、あるいは暗黙の合意のうちに、いっせいに買い溜めや売り惜しみをして不当に米の値を釣《つ》り上げること。たかが一つの町やその周辺の米屋の値付けに値幅があるからといって、それをいきなり取り締まられるべきことだと言い募るのはいかにも無理があるように思いますが」

「……ならおいらから言われた野郎が、直接こっちへそう言ってくりゃいいだけのこった。そのやり取りたぁ関わりのねえ、お前さんがしゃしゃり出るこたぁねえだろうがよ」

「ほう。憤懣を覚えるそれがしへ直接ものを言ってくることなく、余所の後進となる同心へ八つ当たりで無理難題を吹っ掛けた内藤殿が、それを語ると？」

「お前さんへの不満と立花にしてやった指導は別の話だ。一緒くたにして突っ掛かってくるんじゃねえや！」

「ご自身おっしゃるところの『少なくとも裄沢《それがし》よりはずっと長いこと今のお役を勤め続けてる廻り方』である内藤殿が、市中の米の値幅について、市中取締諸色調掛として関わらねばならぬ米価の変動に該当《あたる》するかどうかの見分けもつかぬと？　ご自身は市中取締諸色調掛ではなく廻り方だとしても、さすがにその言い訳は通用せぬと思いますが」

今よりは十五年ほど前になるが、田沼意次《たぬまおきつぐ》政権の末期前後、天明《てんめい》の大飢饉《だいききん》による米相場の高騰《こうとう》が続き、江戸でも多くの商家が襲われるなどの騒乱、いわゆる「天明の打ち壊し」が発生した。このときには当然、市中の治安に責任を持つ廻り方が総動員されている。

内藤は当時、まだ廻り方ではなかったであろうが、おそらくは治安維持の手伝いに駆り出されるなどしてその実態を肌で感じていたであろう。天明期を除いても、市中の騒乱そのものと見なされる「打ち壊し」は全国各地で生じているし、であるならば廻り方の重大関心事の一つに必ずなっているはずなのである。なにせ大火や地震などの災害以外では、打ち壊しこそが都市部動乱に繋がる最大懸念事項なのだから。

天明の打ち壊しの記憶がいまだ色褪《いろあ》せぬ中で、市中の治安を預かる定町廻りに登用されるまでになったほどの男が、市中取締諸色調掛による米価指導の実態に無知であるはずはないのだ。

裄沢の指摘に言葉を失った内藤は、矛先《ほこさき》を変えんと話を他へ向けた。

「……あの男、自分じゃあ言い抜けられなくって、告げ口してお前さんを頼ったかい。北町じゃあ、そんな腰抜けでも廻り方が勤まんのかねえ」

「立花さんから何かを聞いたわけではありませんし、おそらく立花さんは、それがしがここへ来ていることもご存知ないかと思いますよ」

そう応じた裄沢がじっと見ている視線を辿って、内藤も己の連れの供へ目をやる。

内藤の供についた御用聞きは、内藤の目が自分へ向けられたことに驚いて、「自分は何もしていない」と真剣な顔で一生懸命首を振った。

――まあ、そりゃそうか。こいつが北町《ゆきざわ》の役人に告げ口するような機会も、それで得することもねえだろうしな。

一瞬だけ覚えた疑いを、内藤はすぐに打ち消した。ならば裄沢の視線の意図は――考えるまでもない。立花に引っついていたお供だ。

実際には、内藤と立花のやり取りについて教えてくれたのは室町だった。

――「打ち合わせの場じゃあ臨時廻りでどうにかするって大口叩いといてお前さんに丸投げするなぁどうかって話だけど、お前さんなら手前《てめえ》の知らねえうちに周りでどうにかしちまうってなぁ胸が悪い《わり》（抵抗がある）かと思ってよ――まぁ、おいらたちゃあおいらたちで勝手に動くけど、そのへんは勘弁してくんな」

夜になって屋敷に訪ねてきた裄沢に、室町はそう気遣いしてくれたのだ。

ただし、こんなことまで内藤へ正直に教えてやる必要はない。当人からではなくとも知らせたのが北の廻り方だとなれば、それも拗《こじ》れる因だ。

立花の供をした者が言い付けたのだとしても、その者が内藤から何かされる不安は生じようが、幸い内藤とやり取りがあった二日とも、立花の供はところの御用聞きではなく奉行所の小者だった。さすがに北町の小者にまで手を出してくることはなかろうと判断できたから、裄沢は「供から聞いた」と受け取られるように匂わせたのであった。

裄沢の思惑どおりに思考を誘導された内藤は、告げ口云々《うんぬん》での追及はすぐに諦めた。となれば、形勢不利な言い合いをいつまでも続ける意味はない。

「お前さんみてえな暇人《ひまじん》たぁ違って、こっちゃあ一日《いちんち》掛けて持ち場を回りきらなきゃならねえお役に就いてるんでな。つまらねえ話にいつまでも付き合ってるワケにゃあいかねえ」

そう言い捨てて立ち去ろうとした背中へ、追撃のひと言が掛けられた。

「そうですか。立花さんをいきなり呼び止めて話に付き合わせるようなことを二度も続けて行ったお方ですから、長年のご経験の結果それだけの余裕がおありなのだろうと思っていたのですが」

内藤はそれには応えず、背を向けたままチッと大きな舌打ちの音を残して去っていった。

六

夕刻。内藤は、供の御用聞きからいつも以上に気遣いされていることに思いが及ばぬほど、心の内では腹を立てていた。「ここまででよい」とぶっきらぼうに言い捨ててその御用聞きと別れ、外濠《そとぼり》沿いに東へと独り奉行所への帰り道を採った。

憤怒《ふんぬ》の思いは、裄沢なる男が僭越《せんえつ》にも南町のお奉行様へ直々の申し入れを行ったと聞かされたときから、途切れることなくずっと覚え続けている。同輩である廻り方の面々が己の考えに同意せぬ腰抜けばかりだということが明らかになって、それに苛立ちも加わった。しかし、その後に立花へ己の存念をぶつけることができて、いくぶんかは収まっていた。

が、本日裄沢の待ち伏せに遭ったせいで、そんなわずかな落ち着きも一気に吹き飛んでしまった。

――あの野郎、廻り方としちゃあ当然、歳だってずっと上のおいらに舐めた口利きやがって！

当人としては、裄沢の傲慢なもの言いへの憤激だという自覚しかなかったのだが、その裄沢の主張に押されてまともな応対を返せぬままに終わったことで、ますます憎悪を募《つの》らせていたというのが実態だった。

内藤の持ち場《城南地区》から南町奉行所へ帰るには、虎御門《とらのごもん》か新《あたら》シ橋《ばし》から外桜田《そとさくらだ》へ入ってしまったほうがいくらか近道になるのではあるが、そうすると堅っ苦しい譜代《ごふだい》大名の上屋敷が連なる武家地を通ることになる。だから急ぎの用がない限り、土橋《どばし》まで道なりに真っ直ぐ進んで最後に数寄屋橋を渡る道筋を選んでいる。

このときも、特段意識することなくこの道を通って戻った。

奉行所の表門を通る際に黙礼してきた門番は無視し、南町だと若同心詰所《わかどうしんつめしょ》と称されている、外役の同心たちのための部屋へと入る。

「お疲れさん」

ぶっきらぼうに上げた声へ、先に戻っていた廻り方の面々の視線が集まった。

おうお疲れさん、と応じた臨時廻りからは、さらに別な言葉が掛けられた。

「内藤さん、内与力の灰田様がお呼びだそうだ。戻ったなら御用部屋へ顔を出してくれとよ」

思いもしなかった呼び出しに、内藤は思わず顔を顰《しか》める。

「そいつは、廻り方の打ち合わせをすっ飛ばしてってことですか」

「ああ、あの言い方だと、すぐに行ったほうがよさそうだな――なぁに、お前《めえ》さんがいねえ間にここで話したこたぁ、戻ってきてからおいらが逐一《ちくいち》教《おせ》えるからよ」

先達である臨時廻りからそう言われたのでは是非《ぜひ》もない。内藤は、「では先に進めておいてください」と断って詰所を出、奉行所本体の建物へと足を向けた。

南町奉行所の御用部屋も北町同様、玄関からさほど遠くない場所に位置しているのだが、内藤は建物を右手にぐるりと回って内玄関式台《うちげんかんしきだい》と呼ばれている出入り口から中へと入る。そうすると、すぐ正面が御用部屋となるのだ。

「御免」

ひと言断《ことわ》って襖を開けた内藤は、御用部屋の中をぐるりと見回した。いまだ少なからぬ用部屋手附同心たちが働いている中で、灰田はそのうちの一人と立ち話をしているところであった。

声と入室者の気配に振り向いた灰田が、入り口に立っている内藤を見つける。

「おお、来たか」

灰田はそれまで相手をしていた用部屋手附へ何かひと言ふた言指図をすると、自ら内藤のほうへ歩み寄ってきた。

「灰田様。お呼びだと伺い参上致しました」

「うむ、少し話がある。ついてこい」

そう言って連れ込まれたのは、御用部屋近くの小部屋だった。北町奉行所と同じく、この小部屋は少人数で密談をするときに使われる。

部屋の奥に座した灰田の正面で、内藤も膝を折った。

「して、御用の向きは」

内藤が早々に用件を問うたのは、どのような話がなされるか、ある程度予測していたからかもしれない。

うむ、とのみ喉《のど》の奥で声を出した後、いくらか考える様子であった灰田が、言葉を選びつつ口を開いた。

「そなた、こたび吟味方与力の笠置が処分された件について、いろいろと思うところがあるようじゃの」

灰田から呼ばれていると聞いたとき、釘を刺されることになろうとの予感はあった。が、実際そうした場を迎えてみて、あるいはこれは絶好の機会ではないかと意識が転じた。

所属する与力同心の全てが幕臣である町奉行所の中で、唯一内与力だけは旗本（幕臣）である町奉行の家来から選ばれる。ならば内与力の灰田は、己の主君である町奉行《とのさま》へ僭越にもものを申してきた平《ヒラ》同心には、思うところがあって当然だろう。

そうであれば己のこの義憤は、きちんと判ってもらえるはずだと期待したのだ。内藤は、堂々と胸を張って答えた。

「はい、ございます。南町の中のことは、南町で対処すべきこと。お目付からの申されるならばまだしも、同格の、しかも互いに協調して動くべき他のお役所から差《さ》し出口《でぐち》をされるのは、誤ったことであろうと考えまする」

「しかし、そなたの申すその差し出口により、我らが見逃していた不正が正されることになったのもまた事実」

「その点はおっしゃるとおりにございますが、別に北町から意見されずとも、いずれは我ら南町の中で正されていったはずと存じます」

「……そなたの言うようにしておらば、正されるまでになおもしばらくときが掛かったと思うが、その間に積み重なったであろう不正は、やむなきことと言うか」

「我らは神でも天眼通《てんげんつう》（予知・透視能力者）でもございませぬからには、全ての不正をなくすことはできませぬ。不遜《ふそん》を承知で申し上げれば、今このときですら『南町の中で不正はいっさい行われておらぬ』などとは言い切れませぬ。ならば、お示しの不正もその割り切りの範疇《はんちゅう》にあるべきことではないでしょうか」

「されど、明らかになった不正は一度終えたお白洲をやり直し、以前とは真反対の裁きを下さねばならぬほどに重大なものであった。これがどれだけ先になるやも判らぬほど長く、放置されていてよいものであったろうか」

内藤はここぞとばかりに言を強め、説得にかかる。

「だからと申して、こたびの北町のやりようをそのままに受け入れるのが正しいことだと、灰田様はお考えなのでしょうか。一介の平同心、しかも別の町奉行所に籍を置く者が、この町奉行所の頂点たるお奉行様へ直に意見を突きつけてくる——かような上下をわきまえぬ暴挙を見過ごしてしまったならば、お上《かみ》の様々なお役所のいずれでも、円滑に運営していくための秩序が破壊されてしまいますぞ。

それによる不利益と、不正を正すのが遅れる不利益を比べてみれば、どちらが優先されるべきかは申すまでもないことと存じますが」

「そなたの言い分も判らぬではない。が、御肴青物御鷹餌鳥掛を管掌《かんしょう》する年番方であり筆頭与力でもある首藤殿は、こたびの不正の実態を知った後、北町へ抗議する考えを取り下げたぞ。そは、そなたの申す秩序の維持とどちらが大事か比べた上で、こたびの意見具申はやむを得ぬものだったと首藤殿も受け止めている、ということにはならぬか」

「首藤様は、ご自身が関わる御肴青物御鷹餌鳥掛についての不都合が俎上《そじょう》に載せられておりました。大いに問題となったのがそれとは別の不正とはいえ、同じ吟味方与力様が御肴青物御鷹餌鳥掛のことについても相手の申すような不都合な取り扱いをしておったことが明らかになった以上、己より抗弁の働き掛けをするのを遠慮せざるを得なくなっただけではと拝察致します。

内心では、やはり上下をわきまえぬ乱暴な振る舞いには、いまだ反対のお考えをなされているのではございませぬでしょうか」

己の主張を譲らぬ内藤を、灰田はじっと見据えた。

「内藤よ。今のそなたのやり方を続けておれば、我ら南町と北町がぶつかることとなりそうだとは思わぬか」

本日裄沢とやり合ったことで、内藤も己のやり方が《立花への八つ当たりなどが》みんな正しいわけではなかったことには気づいていた。しかし、根幹《おおもと》のところでは己は間違っていないとの確信は揺るがない。

そこで、裄沢と対したときの論法とはいくらか論旨を変えて、意見を述べることにした。

「別段それがしも、北町自体と敵対しようとは考えておりませぬ。さりながら、裄沢とやら申す同心の行為を容認すべきではないのは明らか。なれば我らは、裄沢なる者を糾弾《きゅうだん》することのみを行っていけばよいのでは。さすれば北町にも、我らの考えに賛同する者が少なからず出るはずと考えまする」

「それで、北町がそなたのいうところの糾弾に加わらず、裄沢の肩を持つような行動に出たなら？」

内藤は勢い込んで断言した。

「そんなことがあろうとは思いませぬが、もしそんなことになったとすれば、それこそ北町自体を糾弾すべきでは。理《り》は、我らにありましょう」

「そんなことをすれば、南北の町奉行所が不和になるぞ」

「灰田様、何を怖れておられます。相手がそのような理不尽な振る舞いに出たなれば、致し方のないことにござりましょうが」

「そなたがそのように考えて皆を糾合《きゅうごう》するなれば、実際に南北不和となったときには、そなたが率先して種を播《ま》いたということになるが」

「！　さようなことは……そはあくまでも、皆が思いを一《いっ》にした結果にござりましょうに」

「ここで述べたような考えをそなたが廻り方の打ち合わせで披露した際には、はっきりした皆の同意は得られなかったと聞いておるが」

「はっきりとした賛同は得られずとも、それがしの考えに賛同する向きは少なからずあったものと」

「しかし、はっきりとそなたに賛同する者はおらなんだ——それは、南北不和を引き起こしかねぬような思い切った行動には、同意できぬ者ばかりであったということではないのか」

「……………」

灰田《この男》も他の連中と同じかという落胆が、どうにも上手くいかぬ苛立《いらだ》ちとともに襲ってくる。が、相手を論難《ろんなん》せずにこちらの正当性を確立できるほどの理屈が、上手く立たない。

そんなことを考えていると、灰田がポツリと口にした言葉が耳に入ってきた。

「中途半端よな」

「え？」

「そなたの腰の引け方がよ」

「⁉　いかに灰田様とて、その言い方はあまりにも――」

「裄沢と申したか。お奉行《とのの》様へ直談判に及ぶ書状を送りつけた北町の同心は、その足で自分のところのお奉行様の下へ出向き、己の行状を上申した上で『いかような処分でも受ける』と覚悟を示したそうな」

覚悟を決め身を賭《と》した裄沢と、最終的な責任を回避する言動に終始した己――灰田の「中途半端よな」という先ほどの言葉が、今にして突き刺さった。

「！　……しかしながら、裄沢《あの男》は実際にはほとんど咎を受けずにおりましょう」

灰田の言葉に一瞬衝撃を受けた内藤だったが、その咎を受けると申し出たはずの男が、本日自分の目の前になにごともなかったように現れたことに思い至った。ただの言い逃れでしかないが、そうせざるを得ないほどに己の主張を――だけではなく矜持《きょうじ》も――守ることに懸命になっていた。

「こちらの動きがあるまで謹慎はしておったようだが、確かにそれだけよな。しかしそうなったについては、北町奉行《小田切様》がお城で南町奉行《我が殿》に話をなされ、さらには吟味方の不正を洗い出した中屋殿を動かしたのも、北町の吟味方だそうな。その中屋殿自身も、単に頼まれたというだけで動くような御仁ではなかろうぞ。詳しくは知らぬが、裄沢本人について中屋殿自身を動かすような働きがかつてあったのではないか？」

　そんなことを言われても、内藤には判断のしようもない。無言の内藤をチラリと見て、灰田は続けた。

「それがしがこのようにそなたを呼んで話をしておることについて、思うところはないか？　そなたが廻り方で己の考えを表明してより、それがしに呼ばれるまでずいぶんと早かったとは感じぬか」

「それは……」

「そなたの近くに、それがしに事情を告げた者がおったということよ。それも、北町の同役との繋がりから動いたこと——そなたが南北不和の種を播いたとして、そなたを救わんとかように動いてくれる者が、そなたの周りにどれだけおるかの」

内藤は、灰田の疑問に答えられなかった。どれだけいるか、数え上げることができなかったということもあるが、南町の同心《自分の近くの者》が北町との繋がりで内与力を動かした——おそらくは、北町の臨時廻りから話を持ち掛けられた南町の臨時廻りが、内藤ではなく北町についた——ということが、何より大きな衝撃だった。

内藤の様子を見ながら、灰田は続ける。

「裄沢の行動をそなたは『上下をわきまえぬ暴挙』と称したが、南町のお奉行様が認め、非難された当の相手である筆頭与力も認めていることに、一介の同心でしかないそなたが異論を吐いて撤回しようともせぬのは、上下をわきまえぬことにはならぬのか？」

「……………」

「裄沢の本当の狙いは、実際に吟味方与力《かさぎ》が『決してあってはならぬ不正』と咎められることになった、まさにその金公事の裁きを正すことにあったそうな」

「⁉」

「しかしそれをそのまま取り上げたのでは、南町のやり様へ同じ仕事をする立場の北町がケチをつけたことになりかねぬ。そこで生ずる感情の行き違いを少しでも避けんがために、北町では手出しのできぬことを『どうにも見過ごせぬ』と俎上に載せる形を取った——ずいぶんと慎重な段取りではないか」

「……」

「どこぞの定町廻りとは、肝《きも》の太さばかりでなく思慮の深さも周りから寄せられる信頼も、ずいぶんと違っておるようだの——裄沢が大きく咎められずに終わったのは単なる幸運ではなく、陰から助けんとする人脈があり、さらにこうした叡《えい》慮《りょ》と信念あって、かような決着に繋がったのだとそれがしは思うのだが」

灰田はそれだけ言い捨てて立ち上がると、部屋を出ていった。内藤は、茫然《ぼうぜん》としたまましばらく動けずに、そこに一人残されたのだった。

この作品は双葉文庫のために書き下ろされました。

双葉文庫

し-32-45

北《きた》の御番所《ごばんしょ》 反骨日録《はんこつにちろく》【十二】

南北相克《なんぼくそうこく》

2024年12月14日　第1刷発行

【著者】
芝村凉也《しばむらりょうや》

【発行者】
箕浦克史
【発行所】
株式会社双葉社
〒162-8540 東京都新宿区東五軒町3番28号
［電話］03-5261-4818(営業部)　03-5261-4868(編集部)
www.futabasha.co.jp(双葉社の書籍・コミックが買えます)
【印刷所】
中央精版印刷株式会社
【製本所】
中央精版印刷株式会社

【フォーマット・デザイン】
日下潤一

ISBN978-4-575-67222-0 C0193
Printed in Japan

芝村涼也

北の御番所 反骨日録【一】
春の雪

長編時代小説
〈書き下ろし〉

男やもめの屁理屈屋、道理に合わなければ上役にも臆せず物申す用部屋手附同心・裄沢広二郎の奮闘を描く、期待の新シリーズ第一弾。

芝村涼也

北の御番所 反骨日録【二】
雷鳴

長編時代小説
〈書き下ろし〉

深川で菓子屋の主が旗本家の用人に無礼討ちにされた。この一件の始末に納得のいかない同心の裄沢は独自に探索を開始する。

芝村涼也

北の御番所 反骨日録【三】
蟬時雨

長編時代小説
〈書き下ろし〉

療養を余儀なくされた来合に代わって定町廻りのお役に就いた裄沢広二郎の前に現れた人足姿の男。人目を忍ぶその男は、敵か、味方か⁉

芝村涼也

北の御番所 反骨日録【四】
狐祝言《きつねしゅうげん》

長編時代小説
〈書き下ろし〉

盟友の来合轟次郎と美也の祝言を目前に控え、段取りを進める裄沢広二郎。だが、その二人の門出を邪魔しようとする人物が現れ……。

芝村涼也

北の御番所 反骨日録【五】
かどわかし

長編時代小説
〈書き下ろし〉

用部屋手附同心、裄沢広二郎を取り込もうと近づいてきた日本橋の大店、鷲巣屋の主。それを撥ねつけた裄沢に鷲巣屋の魔手が伸びる。

芝村涼也

北の御番所 反骨日録【六】
冬の縁談

長編時代小説
〈書き下ろし〉

裄沢広二郎の隣家の娘に持ち込まれた縁談の相手は、過去に二度も離縁をしている同心だった。裄沢はその同心の素姓を探り始めるが……。

芝村凉也
北の御番所 反骨日録【七】
辻斬り顚末
長編時代小説〈書き下ろし〉
岡場所帰りの客が斬られる事件が多発する。北町奉行所が調べを進めると、意外な人物が下手人として浮かび上がってきた。

芝村凉也
北の御番所 反骨日録【八】
捕り違え
長編時代小説〈書き下ろし〉
お役へ復帰した裄沢は御用聞きによる無道な捕縛の話を聞き、その裏にいる臨時廻りの行動に疑問を抱く。痛快時代小説第八弾！

芝村凉也
北の御番所 反骨日録【九】
廓証文
長編時代小説〈書き下ろし〉
吉原の妓楼で起こった泥棒騒ぎ。隠密廻り同心として吉原に詰めていた裄沢広二郎は、騒ぎに乗じて策謀を巡らす妓楼の動きに気づき——。

芝村凉也
北の御番所 反骨日録【十】
ごくつぶし
長編時代小説〈書き下ろし〉
古物商の店内で売り物の書画を突然破り捨てた旗本家の厄介叔父。事の真相を探り始めた隠密廻り同心・裄沢広二郎の洞察力が冴え渡る！

芝村凉也
北の御番所 反骨日録【十一】
霧の中
長編時代小説〈書き下ろし〉
来合轟次郎の妻・美也の懐妊を祝う宴の夜、隠密廻り同心の裄沢広二郎が姿を消した。夜陰に紛れて裄沢を襲い、拐かした者の正体とは⁉

芝村凉也
北の御番所 反骨日録【十二】
南北相克
長編時代小説〈書き下ろし〉
公正であるべきお白洲を汚した南町の公事裁き。やがてこの一件が南北の両奉行所を揺るがす騒ぎへと発展していく。シリーズ第十二弾。